고마워요!
내 사랑

김정한 대표 시선집

MIRAE
BOOK

'가장'이라는 부사와
'멋진'이라는 형용사가
어울리는
그대 가슴에 담은
그대라는 한 사람에게
이 시를 바칩니다.

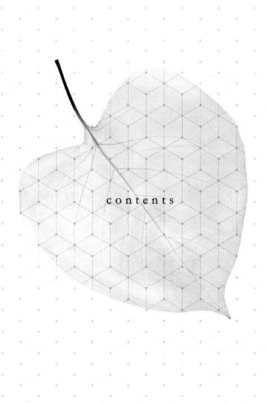

contents

part ONE 꽃피어라, 내 사랑

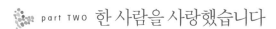

part TWO 한 사람을 사랑했습니다

part THREE 그대라 쓰고 그리움이라 읽습니다

part FOUR 따뜻한 안부, 나를 잊지 말아요

part FIVE 인생아, 화이팅

part ONE

꽃피어라, 내 사랑

꽃피어라, 내 사랑

멀리서 날아온
배추흰나비가
가을을 물어다   놓았습니다
묻고 싶은 말이 많은데
듣고 싶은 말도 많은데
그냥 안부만 물을게요
당신 잘 계시는지요
참 그리운데
참 보고 싶은데
보낼 수 없는 문자 메시지만
가득 저장해두었습니다

지친 바람 부는 오늘
마른 그리움이 나를 괴롭힙니다
노란 은행잎이 가득한 정동길을
당신과 나란히 걷고 싶습니다
이 간절한 그리움을 바람이 알아줄까요
이 잔혹한 기다림을 비가 알아줄까요
어쩌면 내 간절한 열망이 구름이 되어

바람을 타고 날아가 당신 집 창문을
울음비 되어 두드린다면
내 소망이 이루어질까요

닿은 듯 닿을 듯 하면서도
도착하지 못한 사랑에 마음만 허허롭습니다
언제쯤 붉은 꽃잎, 푸른 잎, 그리고
잔향 가득한 꽃으로 피어날지
그 날을 손꼽아 기다리며
바람에게 소망을 전합니다
"꽃피어라, 내 사랑"

플라톤의 《향연》에 보면 잃어버린 자신의 반쪽을 찾아 헤매는 것이 사랑이라 했습니다. 빨간 실로 묶여진 내 운명의 상대가 당신이었으면. 사랑은 우리의 눈에만 보이는 '숨은 역에 도착하는 것이니까요. 마치 해리포터가 마법학교를 가기 위해 서 있던 9와 3/4 정거장처럼요.

당신이 참 좋습니다

가진 것 많지 않아도
마음이 따뜻한 당신이 좋습니다
언제 달려가 안겨도
마음 편히 쉴 수 있는 넉넉한 당신이 좋습니다
내가 죽을 만큼 힘들 때 말없이 등을 두드리며
마음으로 용기를 주는 당신이 좋습니다
흐르는 강물처럼 늘 그 자리에서 편안함을 주고
바라만 보아도 있는 듯 없는 듯 하는 당신이 좋습니다
언제 어디서나 기댈 수 있는 진실의 언덕이 있고
언제 어디서나 마음 나눌 수 있는
순수의 강물이 흐르는 내 어머니 품속 같은 사람
이 세상 다하는 날까지 한결같이 따뜻한
나만의 당신으로 오래오래 머물렀으면 좋겠습니다
그런 당신이 있어 나 지금 행복합니다
당신이 참 좋습니다

생 각 더 하 기

이름만 떠올려도 그리움으로 눈물짓게 하는 사람. 캐러멜 시
럽 가득 넣은 카푸치노 마시면서 같은 곳을 같이 바라보고 싶
은 사람. 봄날이 가까운 오늘, 나를 그리움에 물든 로댕으로
만드는 사람. 당신이 보고 싶습니다. 보. 고. 싶. 습. 니. 다.

그대 안에서 쉬고 싶습니다

그대 보고픔이
그대 그리움이
그대 사랑이
어깨를 짓누르는 이 밤
나 그대 안에서
편안히 쉬고 싶습니다

그저 보고 싶기 때문에
그저 그립기 때문에
그저 함께 있고 싶고
그저 사랑하기 때문에
그대 안에서
편안히 잠들고 싶습니다

세상이 내게 준
삶의 짐을 모두 내려놓고
오래오래 그대 안에서
편안히 쉬고 싶습니다

생각 더 하기

매 순간 애틋한 불을 피우며 때로는 꺼질까 봐 불 조절을 하
며 여기까지 왔어요. 어떤 비밀이 이토록 두근거리는 설렘을
안겨줄까요. 사랑하는 당신이 있다는 것, 당신이 나를 사랑한
다는 것은 축복이죠. 서로의 부족함을 채워주고 힘들 때마다
버팀목이 되는 푸른 소나무가 되었으면 해요. 온몸으로 기억
하며 쓰고 노래하고 춤추며 사랑해요.

사랑이 깊다

이렇게 스며드는 것이 사랑이었구나
스펀지에 스며드는 물처럼
이렇게 끌려가는 것이 사랑이었구나
자석에 달라붙는 못처럼
이렇게 허물어지는 것이 사랑이었구나
어둠의 품에 안기는 석양처럼
나는 너에게로 너는 나에게로
스며들고 끌어당기며
허물어지는 것이 사랑이었어

#4 생각 더하기

당신, 그거 아세요? 제 몸을 태워 빛을 내야 별인 것처럼 사랑도 견디고 인내하며 아프도록 태워야 한다는 것을. 그래야만 서로를 비추는 환한 사랑별이 된다는 것을. 사랑이 독약이 아니라 묘약이라고 확인해준 당신. 가끔은 비련의 오필리아가 되는 꿈을 꾸지만 오로지 내 몸 안에서 뜨고 지는 해와 달의 인연이길 바라요.

사랑나무

키 작은 나무 한 그루
키 큰 나무 한 그루
마주 보며 웃고 있다
키 작은 나무 한 그루
키 큰 나무 한 그루
나란히 숲이 되었다
깊고 푸른 숲
산 숲을 이루었다

#5 생각 더 하기

동그란 얼굴 하나가 하늘에 걸렸어요. '스마일' 하며 웃고 있
네요. 동그란 얼굴 하나가 세상을 흔드네요. 오늘은 내가 세
상의 중심이에요.

사랑하고 싶다

해 지면
그대 생각 커지고
어둠 깊어 가면
그리움은 하늘에 걸린다

그대 발길에
내 눈물 흐르고
그대 손길에
전신에 퍼지는 파열음

함께할 수 있다면
얼마나 좋을까
사랑하고 싶다

#6 생각더하기

방 안을 떠도는 말들을 줍다 지쳐 모포 한 장을 덮고 소파에 기대어 새우잠을 자요. 모포 한 장이 이렇게 완벽할 줄 몰랐죠. 몸도 가리고 지친 영혼도 가리도 겨울바람도 스며들지 않네요. 감춰진 그리움, 지친 외로움도 가릴 수가 있다면 소원을 들어주는 나무가 있다면 이렇게 말하고 싶어요. 사랑을 이루게 해달라고. 당신을 처음 알게 된 날, 당신이 내게로 온 날, 당신에게 빠져버린 날. 그날의 향기, 그날의 무늬, 그날의 느낌을 안게 해달라고……

나에게도 그런 사람이 있으면 좋겠네

아주 가끔 삶에 지쳐
내 어깨에 실린 짐이 무거워 잠시 내려놓고 싶을 때
말없이 나의 짐을 받아주는 사람이 있으면 좋겠네

아주 가끔 일에 지쳐 한없이 슬퍼
세상 일 모두 잊고 어디론가 훌쩍 떠나고 싶을 때
말없이 함께 떠나주는 사람이 있으면 좋겠네

삶에 지친 내 몸 이곳저곳 둥둥 떠다니는
내 영혼을 편히 달래주며 빈 몸으로 달려가도
두 팔 벌려 환히 웃으며 안아주는 사람이 있으면 좋겠네

온종일 기대어 울어도 그만 울라며 재촉하지 않고
말없이 어깨를 토닥여주는 사람이 있으면 좋겠네
나에게도 그런 든든한 사람이 있으면 좋겠네

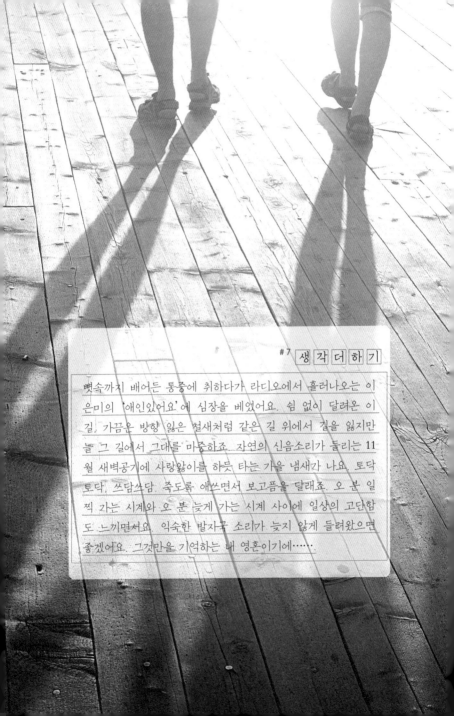

뼛속까지 배어든 통증에 취하다가 라디오에서 흘러나오는 이 은미의 '애인있어요'에 심장을 베었어요. 쉼 없이 달려온 이 길, 가끔은 방향 잃은 철새처럼 같은 길 위에서 길을 잃지만 늘 그 길에서 그대를 마중하죠. 자연의 신음소리가 들리는 11월 새벽공기에 사랑앓이를 하듯 타는 가을 냄새가 나요. 토닥 토닥, 쓰담쓰담. 죽도록 애쓰면서 보고픔을 달래죠. 오 분 일찍 가는 시계와 오 분 늦게 가는 시계 사이에 일상의 고단함도 느끼면서요. 익숙한 발자국 소리가 늦지 않게 들려왔으면 좋겠어요. 그것만을 기억하는 내 영혼이기에……

사랑이 오고 있다

비가 내린다
습기 가득한 창문에
너의 이름을 쓴다
사랑하는 너의 이름 세 글자
그 옆에다가 '사랑해'라고
굵게 쓰고 말았다
지나가는 키 큰 사람이
다 너로 보인다

생각더하기

오래도록 새벽안개 같은 당신에게 취한 나. 눈의 마주침, 마음의 겹침 그리고 가슴의 떨림 그것이 내가 당신을 사랑하는 이유죠. 당신을 만나면 발목이 푹푹 빠지는 눈 쌓인 시골길을 걷고 싶어요. 징검다리도 밟아가며 힘들면 당신 등에 업혀 흐르는 시냇물도 보고 싶어요.

사랑하는 사람이 있습니다

밥을 먹다가도
커피를 마시다가도
문득 떠오르는 단 한 사람

그 사람을 생각하면 웃음이 나옵니다
그 사람을 생각하면 눈물이 나옵니다

날 웃게 만드는 사람
날 울게 만드는 사람
내가 사랑하는 사람
그 사람이 미칠 만큼 보고 싶습니다

#9 생각 더 하기

사랑을 시작한 겨울. 화이트 와인과 6월의 꽃, 빨간 장미가 눈에 들어오네요. 그리움 때문일까요? 사랑이 스며든 걸까요? 그 사람이 자꾸만 눈에 아른거려요. 사랑도 연습이 필요해요. 사랑이 머무는 방향으로 앵글을 맞추고 춤을 추어야 해요. 후회하지 않으려면 경험을 되새겨 머릿속 지도를 펼쳐보아요. 그 안에 답이 있어요.

가을에 띄우는 편지

가을입니다
이 가을에는 당신을 찾아
잠시 머물다 오겠습니다

내일 모레 그리고 그 언제인가는
당신에게 가는 길을 열겠노라 말하면서도
당신 허락 없이 닫고 또 닫았던
나를 용서해주시지요

늘, 당신에게로 가는 삶은 퇴행성 병처럼
뒷걸음질 치기만 했습니다
이 가을에는
마음 편히 당신 그늘 아래서
누웠다가 기대었다가 그렇게 하겠습니다

리허설 없는 삶처럼 당신과의 사랑도
여전히 리허설 없는 생방송입니다
내 삶에 관객이 필요치 않듯이
당신과의 사랑도 관객이 필요치 않겠지요

안에서 밖으로 또 그 안에서 밖으로

그림자도 스며들지 못하게 꼭 잠근 채

당신 곁에서 편히 그리고

오래오래 쉬다가 오겠습니다

내 그리운 당신께 곧 가겠습니다

#10 생각더하기

까만 하늘에 걸린 해와 달을 보며 눈이 지워놓은 길을 후각으로 더듬죠. 그리움이 아쉬움이 눈 되어 쏟아져 내려요. 많이 그리워요. 눈 오는 이 밤, 나를 울린 당신이 멀리서 내 발걸음 느끼며 섬진강 왜가리가 되어 긴 목을 빼고 창밖을 내다보고 있을 당신을 생각하며 하얗게 부서져 내리는 달빛을 이정표 삼아 당신을 만나러 가요.

인생을 살아가는 데 가장 중요한 것은

나를 믿는 것이고 나를 사랑하는 것이고

나에게 확신을 갖는 것이다.

인생은 선택이고 선택에 의해 운명은 달라진다.

나의 목표에 따라 인생의 방향이 결정되고

나의 선택에 따라 인생의 가치가 정해진다.

지금 살고 있는 삶은 과거의 선택으로 이루어진 것이다.

현재의 선택은 곧 나의 미래가 된다.

❧

기적은 있다고 믿는 사람에게 찾아간다.

간절함, 절박함이 기적을 부른다.

❧

❦

나무가 버려야 할 것이 무엇인지 아는 순간

잎을 붉게 물들이는 것처럼 살아가며

상처를 입고 시련을 견디며

나는 누구이며 어떻게 살아야 하는가 를 정확히 알 때

기적 같은 삶이 나에게도 찾아온다.

❦

지나간 내 삶의 조각에게 용서를 빈다.

놓치고 지나쳐 돌아서 후회했던 누리지 못한 황홀한 순간을,

힘들고 두려워서 끈질기게 미뤄왔던 나를 바라보던 성취와 행복,

입술로 뱉고 행동으로 지키지 못했던 많은 약속들,

아프고 지치고 힘든데도 거짓말로 괜찮다고 했던 것,

진정으로 미안해야 하는 것을 미안할 줄 모르고

무심코 내뱉은 미안하다는 말까지······.

진실하지 못하고 적절하지 못한 나의 행동 전부에 용서를 빈다.

하늘은 티끌 하나 없이 파란데 난 시리도록 슬프다.

슬프다는 것은 그 무엇에서 멀어졌다는 걸까.

일에서 열정이 멀어졌거나 사랑의 감정에서 멀어졌거나

무엇이든 가깝게 느꼈다면 열정과 욕망, 자신감이 넉넉하다는 것이고

멀리 느꼈다면 무엇에든 열정과 욕망, 자신감이 부족하다는 것이리라.

시간이 흐를수록 나이가 들수록 멀어져가는 느낌이 든다.

그 무엇에서…….

당신, 고맙습니다

내가 사랑하는 당신
당신 곁에 내가 있어 고맙습니다
나를 사랑하는 당신
내 곁에 당신이 있어 고맙습니다
기다림이 헛되지 않게 해주어 또 고맙습니다
당신과 함께할 수 있어 정말 행복합니다
영원히 사랑하고 존경하겠습니다
당신을

#11 생각더하기

사랑은 소리 없이 찾아오는 소낙비처럼 예고 없이 방문했다가
또 예고 없이 떠나가죠. 사랑은 나를 발가벗겨 한평생 겪게
될 감정의 삼라만상을 학습하게 하죠. 감정의 생로병사를 압
축해 겪는 체험, 그게 사랑이죠.

널 사랑하니까

두 눈을 감고도
너를 볼 수 있냐고
넌 물었지

두 귀를 다 막고도
너의 소리를 들을 수 있냐고
넌 물었지

난 대답 대신
고개를 끄덕였잖아
두 눈으로 널 보지 않아도
두 귀로 네 목소리를 듣지 않아도
난 알 수가 있어
널 사랑하니까

너에게로만 열린
내 오감으로 알 수가 있거든
느낄 수가 있거든
너라는 사람을

인디언 달력에는 3월을 마음을 움직이게 하는 달이라 했는데 3월에 내리는 눈이 마음을 움직이네요. 막 도착한 당신의 체온이 담긴 이메일을 녹턴의 나직한 호흡 소리를 들으며 읽고 있어요. 치명적인 그리움은 몸보다 마음이 먼저 당신 계신 곳으로 달려가 안기네요. 나를 향해서만 춤추고 흔들리는 한결같은 영혼, 곧 서로의 흰 뿌리에 닿아 뿌리를 내리겠죠. 조금씩 천천히 흔들리며 깊숙이 뿌리를 내리겠죠.

너를 사랑하다 사랑하는 법을 배웠다

사랑의 시작과 끝은 어디에도 없다는 것을
사랑이 시작되는 순간부터 세상의 중심은 나라는 것을
너를 사랑하면서 알게 되었다
지독한 사랑을 하게 되면 몸보다 가슴이 따스해진다는 것
너를 사랑한 후에 알았다

생각하면 너와 나의 사랑
쉼표도 마침표도 없이 끝없이 이어진 하늘 길 같다
늘, 내 손을 잡아당기며 너에게로 이끄는 힘
가끔은 너의 손을 잡아 나에게로 이끄는 힘
그래서 우리 사랑은 너무나 닮은 것 같다

아무리 힘들어도 웃는 네 얼굴 바라보면서 힘을 얻는 것
넘어지다가도 벌떡 일어서는 것
가끔은 너로 인해 내 맘 가시나무처럼 흔들려도
묻고 싶은 말들 맘속에 숨겨두고 말 못한 채
혼자서 가슴앓이 하는 나

그저 까만 하늘 아래 외롭게 떠 있는 초승달을 보며
너를 위해 기도하는 것
가슴 저리게 너를 보고파 하는 것
네가 그립다, 너를 사랑한다
그래서 미안하다는 말을 꾹 삼키는 것
그리고 찾아오는 따뜻한 위로의 아침 햇살처럼

이제 보니 사랑이란
오랜 키스처럼 달콤하지만 아쉬움이 남는 것
그리고 오래오래 스며드는 그 무엇이지
머리부터 발끝까지 찾아오는 기분 좋은 전율 같은 것이야
마치, 나무가 예쁘게 자라면
뿌리에서 줄기로 타고 올라가 꽃을 피우는
기분 좋은 신음소리 같은 것이겠지

속으로만 꽃피는 무화과처럼
서로의 몸속으로 오래 머무는 그 무엇이 되는 것이겠지
서로의 가슴을 따뜻하게 데워주는 둘만의 긴 추억이 되겠지
아!
오늘도 남쪽으로 창을 열면 내 사랑이 보인다
햇살 아래 눈부신 네가 보인다

#13 생 각 더 하 기

물감 번지듯 투명한 빗물이 창문을 덮네요. 시나브로 빗물
빨아들이듯 그리움도 짙게 물드네요. 오늘은 비에 취하고,
색에 물들고, 결에 춤추며 당신에게 가려고 밤새도록 길을
만들래요.

나였으면 좋겠습니다

아침에 눈을 떴을 때
가장 먼저 떠오르는 사람이 나였으면 좋겠습니다
하루 일을 끝내고 잠들기 전에
마지막으로 생각나는 사람이 나였으면 좋겠습니다

살다가 가장 힘들 때 목소리라도 들으면 힘이 날 것 같아
전화를 걸고 싶은 사람도 나였으면 좋겠습니다
일을 하다가 잠시 하늘을 바라볼 때
가장 먼저 떠오르는 얼굴이 나였으면 좋겠습니다

우연히 FM라디오에서 내가 좋아하는
시크릿 가든의 'Nocturne'이 흘러나오면
이어폰을 귀에다 끼워주며
함께 음악을 듣고 싶은 사람이 나였으면 좋겠습니다

밥을 먹다가 맛있는 음식을 보면
함께 먹고 싶은 사람이 나였으면 좋겠습니다
오로지 그대 심장 속에 박혀 맥박이 멈추기 전까지
마지막으로 함께 하는 사람이 나였으면 좋겠습니다

세상에 태어나 당신을 가장 행복하게 해준 사람도
나였으면 좋겠습니다

동화 속 백설공주의 새엄마인 왕비가 거울에게 물었던 것처럼
나 또한 마음속으로 끊임없이 묻고 있죠, 당신에게. "이 세상
에서 누구를 가장 사랑하느냐고."

너를 사랑한다는 것은

너를 사랑한다는 것은
너를 사랑함과 동시에 나를 사랑하는 것이다

나무가 나무를 안으면
숲이 되고
숲이 숲을 안으면
큰 산이 되듯

너를 사랑한다는 것은
강이 흘러 바다로 가듯
내가 너라는 곳으로 흘러가는 것이다

내가 너를 안으면
너와 나는
비로소 우리가 되는 것이다
네가 나를 안아도
너와 나는 우리
하나가 되는 것이다

너를 사랑한다는 것은

나를 포기하는 것이 아니라

너를 사랑할수록

나를 사랑하게 되는 것이다

아프도록 지치도록 목 놓아 부르던 이름 석 자. 결국 심장에
새기고 말았어요. 혈관을 타고 흐르는 따뜻한 물줄기 양수가
되어 불멸의 장미 한 송이 피었어요. 내 삶의 처음과 끝인 당
신이 내 앞에 서 있어요. 취하지 않고는 당신에게 갈 수 없는
나. 전신을 당신에게 뉘여도 파도 같은 큰 울음에 마음만 허
하네요. 당신만이 아름다움이고 목숨이 된 시간들, 당신을 끌
어안고 비틀거리다가 넘어지면서도 당신 다치게 하지 않으려
고 발버둥치는 걸까요.

53

최고도 좋지만 최선을 다했으면 최고가 아니어도 괜찮아.

과정이 즐거웠으면 되는 거야.

포기하지 않고 나를 믿고 꾸준히 노력한다면

나를 위한 해는 반드시 들 거야.

현재의 나는 과거의 내가 만들어낸 결과이다.

현재는 미래의 내 모습을 만들어 가는 과정이다.

나의 몸과 영혼은 나의 역사를 보관하는 박물관이다.

기억은 존재의 뿌리다.

기억이 없으면 오늘도 없고 약속된 내일도 없다.

흘러간 기억은 나의 얼굴과 몸에 고스란히 저장된다.

한 사람의 정체성은 기억을 지켜낼 수 있는 힘에서 온다.

시인 소포클레스는

'오늘은 어제 죽어간 이가 그토록 원했던 내일이다' 라고 했다.

오늘을 잘 살아야 내일의 내 역사가 바뀐다.

오늘을 무사히 버틴 것에 감사할 것이 아니라

뿌듯한 마음이 들 정도로 잘 살아야 한다.

기다려도 오지 않을 것 같은 사람을 억지로 만나고 온 날.

주파수가 어긋나 얼음조각을 삼킨 것처럼 삶의 순간이 차다.

그리운 사람을 잃을 수 있는 건 때가 정해져 있지 않다는 것,

지킬 수 있을 때 지켜야 한다는 것을 이별이 찾아온 순간 알았다.

행복하면 좋겠다.

모두가.

더 이상 아프지 않길 바란다.

그 누구도.

애틋한 사랑의 빈자리를 채워나가는 중에 마주하는 사실들 앞에서,

그때 왜 그랬는지 이해하려 애쓰며 혼자 끄덕일 때마다 슬프다.

이제는 '없다'는 사실보다도 반드시 견뎌야 하는 존재의 서글픔 때문에.

코끝에 스미는 익숙한 냄새는 이렇게 불쑥,

함께 머문 커피하우스로 데려다 놓는다.

무언가가 회복되어야 한다는 생각이 강하게 드는 새벽.

시간이 흘러야 알 수 있는 것 앞에서, 선명하게 다가오는 것은

이 순간이 지나가고 어느 날 만남 속에 회복이, 기쁨이 있음을 믿어본다.

마지막은 끝이 아니라 시작이라는 것을.

작업에 집중이 안 되는 오후 3시, 잠시 쉬어가게 만드는 것들.

이승철의 노래, 카푸치노와 친구의 나른한 목소리가 쉼표를 알린다.

"현재의 시간과 과거의 시간은 모두 미래의 시간 속에 있고,

미래의 시간은 과거의 시간에 들어있네."

영화 〈마지막 사중주〉에 등장한 T.S. 엘리엇의 시가 뇌리를 스친다.

그래, 잠시 쉬어가자. 그리고 사랑하자.

이 순간을.

'이렇게 살 수도 없고, 이렇게 죽을 수도 없을 때 서른 살은 온다'고

최승자 시인은 말했지만

나에게 서른은 파도에 부대끼고 씻기면서 동글해진 예송리 몽돌처럼

거부하지 않고 이 길 저 길을 다니느라 참 버거웠다.

수천 밤을 떠돌다가 '시인'이라는 별을 안고 시지프스의 바위를 들어 올리듯

죽을힘을 다해 살다보니 서른은 지나갔다.

분명 서른에는 생물학적인 청춘의 잔치가 끝이 난다.

생물학적 나이와 심리적 나이가 겹쳐 흔들리고 방황하는 시기이고,

비록 홀로서기가 앞을 가로막는 희망 반 좌절 반이지만

가식을 벗고 솔직하고 거짓 없는 민낯으로 바라보자.

도전의 한계는 내가 만드는 것이고 나를 조종하는 것도 자신이다.

최고의 승부는 나를 뛰어넘어야 만난다는 것을 잊지 말자.

2월의 마지막 날. 습관처럼 정리한다.

늘 그렇듯, 정리하며 마감하고 새로운 것을 찾아 도전한다.

서랍을 정리하고 생활의 도구를 정리한다.

어제는 필요했지만 오늘은 필요 없는 것들을 버리고

새로운 것을 다시 사서 채운다.

추억이 된 것들은 아쉬운 안녕을, 새로 만난 것들에 대해선 기분 좋은 안녕을.

삶의 짐은 늘 무겁다.

익숙한 것들은 내려놓아야 해서, 새로운 것들은 부담스러워서······.

part TWO

한 사람을 사랑했습니다

당신 어디 있을까

당신 어디 있을까
하루 종일 당신을 찾느라
이리저리 헤매다 잠이 들었지

꿈속에 나타난 당신
내게 이렇게 말했지
나, 당신 안에 있잖아

환히 웃는 당신
그래, 당신 말처럼
당신은 늘 내 안에 있었지

난 그것도 모르고
이리저리 당신을 찾아 다녔지
당신은 늘 내 안에 있는데……

미치도록 사랑을 하던 여름이 가네요. 뚝뚝 떨어지는 선홍빛
잔해가 변산 백사장을 발갛게 물들이네요. 그리워서 사랑하고
사랑해서 또 그리워하는 당신. 당신을 안고도 늘 배고픈 사
랑, 당신이 그리워요. 하얗게 부서지는 서해바다의 푸른 웃음
이 당신을 닮았어요. 장미가 발갛게 물들어가는 당신이 머무
는 곳. 내 영혼의 빨간 장미가 춤추는 그곳으로 곧 갈게요.

한 잎의 고독

당신을 만나면 만날수록
더 깊은 그리움이 있고
당신을 알면 알수록
더 모르겠다는 생각이 들고
당신을 멀리하면 할수록
어느새 당신은 내 안에 있습니다
당신을 사랑하면 사랑할수록
더 깊은 고독이 밀려옵니다

이렇게 사랑을 훔친 외출은 시작되었어요. 지금 당신은 어디쯤 오고 있을까요. 그리고 난 어디쯤 가고 있을까요. 당신을 생각하는 오늘, 입은 웃고 있는데 두 눈에서는 눈물이 떨어지네요. 자꾸만 눈물이 떨어지네요. 이런 게 사랑일까요?

동행

소식이 없어도
만나지 않아도
늘 함께 하는 사람

함께 하기에 괴로워도
함께 하기에 너무 아파도
헤어질 수 없는
그대와 나

아무리 힘들어도
다시 일어서게 하는 사람
그대

그대와 나는
함께 하는 사람
오늘도
그대 오시는 길목에 서서
그대를 기다립니다

봄이 오면 오겠다던 사람. 오지 않았죠. 몇 번의 꽃마중, 황사 껴안으니 다시 여름이라네요. 개나리꽃을 보며 봄이다 싶더니 벌써 장미꽃밭으로 물들어 버렸네요. 발 당을 여유 없이 봄은 가버렸네요. 삐걱거리는 그리움 나에게 올 수 없다면 당신에 게 갈 수 없다면 멈추어야 하는 유토피아의 사랑일까요. 나의 멘토이자 팔로워였던 당신. 나를 최고의 여자로 느끼게 해주 고 더 좋은 사람이 될 수 있게 도와줬던 당신. 존경과 사랑을 모두 바친 유일의 신. 뒤늦은 고백이지만 당신의 삶의 시계가 되고 싶었죠.

어찌할까

어쩌자고
이토록 사무치게 그리운 걸까
여전히 치열하게 불붙고 있는
이 그리움을 어찌할까
타들어가는 목마름을 끌어안고
그리움을 애써 묶어 두지만
한쪽으로만 기울어지며 붉어지는
이 그리움의 우주를 어찌할까
심장에 새겨진 붉은 흉터 끌어안고 울고 있다
허락받지 않고 그리워한 죄
지는 석양 앞에 무릎 꿇고 용서를 빈다

어느 날 당신과 나 눈 맞추며 웃는 날이 온다면 하나의 길이 생기겠죠. 내가 당신에게로 가는 당신이 나에게로 오는 사랑의 길이 열리겠죠. 그때까지 기다릴게요. 비록 그리움에 물들면 사랑이 되고 기다림에 물들면 아픔이 되더라도……

슬픈 인연

내게로 오려는 사람
밀어내기도 슬프고

내게로 오지 않을 사람
무작정 기다리는 것도 슬프다

미완의 만남
미완의 인연

오늘은 슬프다
그 모두가 아프다

그리움과 기다림은 너무 닮았어요. 놓치지 않기 위해 생각하고 쫓아가야 하니까요. 눈물도 늙고 사랑도 늙고 기다림도 늙나 봐요. 언제쯤 출구 없는 이 몹쓸 병에서 자유로울 수 있을까요.

나를 꼭 잊고 싶다면

나를 꼭 잊고 싶다면
조금씩 지워가며 잊어주시기를

나를 꼭 지우고 싶다면
한꺼번에 삭제 버튼을 누르지 마시고
당신을 흔들어 놓았던 메일을 한 줄씩 지워 가시기를

바라옵건대
조금씩 천천히 지워 가시기를

그저 당신에게 용서를 구할 것이 있다면
허락받지 않고 당신을 사랑한 죄밖에 없으니

가끔씩 당신이 그리우면
당신에 대한 기억 몇 자락만이라도 몰래 끄집어내어
혼자만이라도 웃고 또 울며 추억할 수 있게
새털만큼 가벼운 흔적만이라도 남겨 두시기를

나를 꼭 잊고 싶다면

조금씩 지워가며 잊어주시기를

#21 생각더하기

이 사람을 사랑하겠노라 마음먹어도 뜻대로 되는 것이 아니고
이 사람은 사랑하지 않겠노라 다짐해도 멈출 수가 없죠. 손으
로 잡아당긴다고 내 것이 되고 손으로 밀어낸다 해서 남의 것
이 되나요. 죽도록 사랑하여도 언젠가는 내 푸른 뺨에 노을
같은 이별의 키스를 하겠죠. 바람에 온몸을 누이다가 다시 일
어서는 갈대처럼 서풍에 흔들리고 쓰러지면서도 언젠가는 제
자리를 찾겠죠.

너를 읽는다

둥글게 호흡하며
떨리는 페달을 너를 향해 쉼 없이 밟는다
두드려도 대답 없는 너
그리워했다 미워했다 썼다 지웠다
그렇게 반복한 너를 향한 내 사랑의 변주곡
결국 전설이 되지 못한 노랫말 하나
허공을 향해 떨어진다

사랑보다 더 귀한 것이 무엇일까
뭉게구름처럼 하나가 된 것 같다가도
다시 새털구름처럼 찢어져 돌아오는 가엾은 사랑

울다 지친 새 한 마리
너의 집 베란다 귀퉁이에서 서성거리고
참았던 그리움은 눈물 되어 흐른다
나 홀로 불 켜진 너의 창을 향해
다시 울려보는 사랑의 변주곡
너를 향해 내 가슴에 묻어둔 사랑의 언어를
내 목숨처럼 둥글게 말아 다시 한 번 너에게 바친다

나는 너를 노래하지만

여전히 넌

나를 향해 묘한 미소만을 던진다

삐걱거리다 덜컹거리다가도 다시 서로에게 맞추며 서로에게 깊숙이 스며들 만큼 익숙해진 우리. 이상과 현실을 융합하지 못해 결국 이별이네요. 가끔 기억나면 추억을 파먹고 살아야죠. 마지막은 어떻게 시작하고 마침표는 어떻게 찍을까요. 당신에게 남겨야 하는 나에게 돌아오는 마지막 한 마디는 무엇일까요. 헤어지기 전에 고마웠다고 미안하다고 당신을 위해 기도한다고 말할 수 있을까요? 한 걸음씩 천천히 멀어졌으면 좋겠어요. 덜 아프고 덜 상처받았으면 좋겠어요. 마지막 인사는 웃음을 남겼으면 해요.

한 사람을 사랑했습니다

밀어내고 또 밀어내도
자꾸만 더 가까이 다가오는 사람이 있습니다
그 사람을 생각하면
숨을 쉴 수가 없을 만큼 가슴이 아픕니다
목에 가시가 걸린 것처럼 목이 멥니다

마음은 잊으라 하는데
손은 여전히 그 사람을 잡고 있습니다
죽도록 사랑하면서도
사랑한다는 말을 제대로 하지 못하는
그 사람이 미치도록 보고 싶습니다

보고 싶다는 말을
숨 쉬듯 숨 넘기듯
또다시 꿀꺽 삼켜버리고 맙니다
함께 있으면 행복해지는 사람인데
그 사람 마음속에도
내가 있었으면 하는 마음으로 하루를 살아갑니다

그저 그 사람에게도 나라는 존재가

단 한 사람의 사랑하는 사람이기를 바라는 마음뿐입니다

오래오래

그 사람이 사랑하는 여자로 남기를 바라는 마음입니다

생각더하기

둥글게 호흡하며 떨리는 페달을 당신을 향해 쉼 없이 밟았어요. 그리워했다, 미워했다, 썼다, 지웠다 그렇게 반복한 사랑의 변주곡. 결국 전설이 되지 못한 노랫말 하나, 허공을 향해 떨어지고 참았던 그리움은 눈물 되어 흐르네요. 나에게 '헨리'처럼 시간 여행자가 되는 기회가 주어진다면 타임머신을 타고 당신을 만나고 싶어요. 당신의 눈빛에서 욕망을 느끼고 당신의 손끝에서 사랑을 느끼는 여인이고 싶어요.

눈의 키스

나는 너를 바라보고
너는 나 아닌 다른 사람을 보고 있다
우린
서로 다른 사랑을 하면서
가을을 앓고 있다

난, 아프리카를 꿈꾸고 있지만
넌 유럽을 꿈꾸고 있었다
우리가 하나가 될 수 없는 분명한 이유가
그것이었다

어느 날 우연히 너를 만나
같은 리듬으로 춤을 추었다
너와 나의 인연을 맺게 해준 것은
하늘의 리듬이었다

네 안에 들어가 30초 3분의
너와 나의 키스
눈의 키스는 더욱 달콤했다

그 언젠가 떠나가는 나를
넌 뒤돌아서 지켜보겠지만
지독히 외롭고 달콤한 사랑이었다는 것을
넌 알까

여전히 너를 사랑하지만
우리는 하나가 될 수 없는 이유가 있기에
너에게 완전한 나를 보내지 못하고
홀로 눈물의 파티를 벌인다

생각더하기

미 샵과 라 플랫이 하나가 되려면 얼마의 시간이 필요한 건가
요. 샵을 따라 허공을 떠도는 플랫. 시간을 묶어둔 채 그냥 눈
을 감아요. 갇히고 저장된 조각들을 풀어놓죠. 생각하고 그리
워하다 프레임 속의 라 플랫을 불러 맞추는 순간 아름다운 화
음으로 태어나죠. 도.레.미.파.솔.라.시.도

사랑한다는 말을
차마 하지 못하고 살아갑니다

사랑하는 당신이 내 곁에 있어도
늘 당신께
사랑한다는 말을 차마 못하고 살아갑니다
사랑한다는 말을 하고 나면
그 끝을 감당하기가 버거울 것 같아
사랑한다는 말을 차마 하지 못하고 살아갑니다

당신 때문에 슬프다고
당신 때문에 아프다고
당신 때문에 힘들다는
말을 하고 싶어도
그 말의 끝이 두렵기에
슬프다는 말을
아프다는 말을
힘들다는 말을
차마 하지 못하고 살아갑니다

늘 이렇게

당신에게는

하고 싶은 말을 다 하지 못하고 살아갑니다

말을 아끼며 살아갑니다

사랑하는 마음조차

아끼며 살아갑니다

#25 생각더하기

당신이 남긴 슬픈 생각의 그림자를 지우기 위해 나프탈렌 냄새가 지독한 바닷가 근처 시골 민박집에서 하루를 머물렀죠. 추억과 겨루어 슬프지 않은 사람이 있을까요. 그리움이 기다림을 품었는지 기다림이 그리움에 안겼는지 또 이렇게 눈물의 풍경을 채워가며 하루를 마감해요. 그리움도 기다림도 움직인다면 언젠가는 만나게 되겠죠. 아무리 생각해봐도 당신이 나를 읽을 때까지 기다려야 하나 봐요. 그때까지 수신인 없는 편지를 쓰며 두 귀는 활짝 열어두고 내 목소리는 닫을게요.

❧

나를 돌아보기 위해서 바다로 많이 가지만

한계상황을 느낄 때에는 험한 산으로 간다.

지나온 시간을 돌아보고 인내심도 키우고

더 쉽게 말하면

단단하고 독해지기 위해서다.

❧

신발이 아무리 예뻐도

발에 맞지 않으면 내 것이 될 수 없듯

나에게 맞지 않는 욕망과 꿈은

내가 주인이 될 수 없다.

억지로 가진다 해도 언젠가는 나를 떠난다.

같은 것을 보면서도

어떤 사람은 희망이라 읽고

어떤 사람은 절망이라 읽는다.

❧

그리움에 물들면 사랑이 되고

기다림에 물들면 아픔이 된다.

❧

3월에는 힘들지 않기를.

그리하여 그 누구도 내게 '괜찮아?' 하고

묻지 않아도 되기를 다짐하고 맹세한다.

그리고 몰입은 하되 집착은 하지 말자. 아등바등 살지 말자.

'What must be happen, will be happen.'

일어날 일은 언제고 일어날 테니까.

서른세 번째 생일날,

책상 위의 뜻밖의 선물. 소담스런 꽃 한 바구니면 충분하다.

빨갛게 물들어버린 그 마음 전하기에는, 기분이 한껏 좋다.

꽃 속에 파묻힌 하얀 메모도 좋다.

'그대 닮은 꽃' 향기를 머금은 순간은 오래도록 기억에 남고

나를 자꾸만 크게 숨 쉬게 한다.

흙냄새 짙은 원두 향을 닮은 그 사람 지금 어디서 뭘 할까.

같이 뭘 하면 좋을까를 생각하기 전에,

지금 함께라는 것이 따뜻하고 좋은 사람.

두근두근, 반짝반짝,

마음은 이미 기억 속의 장소에 먼저 가 있다.

나를 울렸다, 그리움이

눈을 뜨면 또
그리울 것 같아 눈을 감은 채로
오래도록 머물고 있습니다

이유 없이
눈물이 하염없이
흐를까 봐 눈을 뜨기가 싫습니다

일어나면 또
불도 켜지 않고 구석진 곳에
웅크리고 앉아 울 것 같아서
눈을 뜨기가 싫은 아침입니다

창문을 가르는 금빛 햇살이
너무나 그립지만 당신 없는
방 안에서 종일토록 창밖을
내다보며 울 것 같아 싫습니다

오늘도 목마른

사랑 앞에 그리움은

눈물로 큰 강을 만들었습니다

사랑이란 스스로 선택한 고통, 출구 없는 그리움, 가장 아름
다울 때 추락하는 동백꽃처럼 사랑할수록 한없이 쓸쓸하고 고
독해지는 병인가 봐요. 멀리서 타닥타닥 장작 타는 소리가 들
리네요. 벽난로 앞에 몸을 조아리며 불을 지피고 있을 누군가
가 생각나요. 필름처럼 돌돌 말린 기억을 순서대로 태우는 것
인지 말이 없네요. 산다는 것은 어쩌면 내 욕망을 조금씩 태
워 고단한 삶을 내려놓는 것인지도 모르죠. 입 벌리고 활활
타며 웃고 있는 장작불에 내 욕망도 집착도 다 태워주면 안될
까요?

눈물편지

새하얀 백지 위에

또르륵 떨어지는 눈물방울들

나의 심장을 향해 아프게 아프게 퍼진다

네가 보고 싶다는 말

네가 그립다는 말

너를 사랑한다는 말을 쓰려고 했는데

한 글자도 못 쓰고

빈 백지 위에 스민 눈물들어

편지 되어 너에게로 날아간다

#27 생각더하기

밤새 바람 껴안고 울던 강이 꽁꽁 얼었어요. 녹기를 기다리며
얼어붙은 강 밑으로 묵묵히 흐르는 물소리가 들려요. 여전히
기다림이 필요하겠죠. 강 건너편에 서 있는 당신을 바라보며
강을 건너지 못하고 서 있는 나에게 기다림을 기다리라고 강
은 침묵으로 알려주네요.

그대가 그립다

내 가진 것 다 포기하고
줄 것 다 주고
버릴 것 다 버리고
떠나는 마음
그대가 그립다

바람이 불어요. 텅 빈 거리에 비가 내려요. 하늘이 젖고 세상이 젖고 나도 젖네요. 무리를 지으며 따라오던 그리움도 잠시 머뭇거려요. 빗방울도 잠시 주춤거리네요. 이 비 그치면 그리움도 멈추는 걸까요. 종일 전화를 기다렸는데 연락이 닿지 않았어요. 기다림에 지친 오늘 그리움을 종이비행기에 실어 날려 보낼 수 있다면 좋겠어요. 오늘따라 내 그리움은 빈 하늘에 부표처럼 둥둥 떠다니네요.

비밀愛

내려놓지 못한 그리움을 안고
클래식한 자태로 걷고 있는 그대를 바라봅니다
애써 인연의 자음과 모음을 이어가며
말라붙은 보고픔을 달래봅니다

익숙했던 그리움의 붉은 옷을 입는 일
편안했던 기다림의 블루 옷을 입는 일
그 모두가 행복이었습니다
다시 새 이름표의 옷을 입는 것이 두렵습니다
그대와의 인연의 끈이 여기까지입니까
소리 없이 눈물이 흐릅니다

눈썹이 자라듯
주름이 늘어가듯
그리움도 자라다가 늙나 봅니다
하지만……
보고 또 보아도
다시 또 보고 싶다던 그대의 말처럼
난 늘 그대 그림자 속에서 살고 있습니다

미안하지만 너무 미안하지만
여전히 나도 그대가 그립습니다

#29 생각더하기

비우지 못한 그리움의 그러데이션, 여전히 짙고 깊네요. 몰래
비밀번호를 해독하고 들어가 머물렀던 비밀정원은. 참 따뜻하
고 편안했어요. 베토벤의 운명 교향곡을 들으며 천천히 블루
마운틴 커피를 내려요.

사랑에 무릎을 꿇다

온종일 멍한 그리움에 취했다
귀찮을 만큼 리플레이 되는 네 얼굴 네 목소리
오늘도 어김없이 네 목소리에 취하고
배고픈 그리움에 취했다
결국 너에게 물들어 버린 나
심장을 향해 쏘아대는 수직의 러브 샷
너 때문에 심장이 아프지만 그래도 사랑이다
네가 있어 내가 있기에 난 행복하다

생 각 더 하 기

달빛 아래 그리움이 한 켜, 눈물이 또 한 켜 지치도록 쌓이네
요. 그리움과 기다림의 랑데부, 하얀 눈 되어 내려요. 눈은 무
릎, 허리, 전신을 덮네요. 휘몰아치는 사랑, 그 안에 당신과
내가 갇혔어요. 어쩌죠?

로그인 하고 싶다, 당신을

제 몸을 부풀리던 산 그림자 보이질 않는다
노을에 베인 어둠은 몰아쉬는 마지막 숨결이 가쁘다
그대 있는 곳으로 기울던 사랑은
그리움의 집 한 채를 짓는다
그대 이름 석 자가 박힌 문패를 내 안의 심장에 달았다
늦은 밤 온몸을 휘감는 붉은 선율
모차르트 교향곡 40번은 내 몸을 아름답게 매질한다
얼핏 보이는 그대가 남긴 사랑의 흔적이 날 울린다
40도가 넘는 뜨거운 사랑의 체온에도
500밀리미터가 넘는 슬픔의 폭우에도 끄덕없다
난 그대에게 길들여지고 있었다
평화로운 그대라는 섬에 갈 수만 있다면
한줌 어슴푸레 보일 듯 말 듯한 그대 사랑을
안을 수만 있다면
아무리 무서운 해일이라도 두렵지가 않다
비록 중심 잡지 못한 곡예사처럼
한 걸음 내디딜 때마다 쓰러질 듯한
아찔한 사랑의 몸부림이지만
그대를 만나면 아픔도 고통도 다아 잊게 된다

힘겨운 듯 핏기 없이 흘러나오는
그대의 웃음이 날 위로하더라도
그대를 만나면 아픔도 고통도
사랑이라는 이름으로 가려지기에 행복하다
그래서 난 오늘도 그대를 만나러 간다

#31 생각더하기

후회처럼 빠르게 쌓이는 그리움, 후회처럼 빠르게 쌓이는 기
다림, 후회처럼 빠르게 쌓이는 아쉬움, 하지만 너무 늦게 찾
아온 것들. 사랑에 전신을 베이고 영혼마저 베어버린 당신의
마지막 서비스 푸른 빛 악마의 키스는 내 호흡소리마저 끊어
놓았어요.

멀리서 바람 불어와 빗소리 들리면

그리운 마음이 찾아간 줄 아세요.

기억이 아른거리면 이렇게 외쳐 보세요.

"아씨오!(Acio)"라고.

곧 희미한 마음속 연인이 그대 앞에 소환되리니.

맹목적일 때 가장 순수하고

이성적일 때 가장 이기적인 것,

그게 사랑이다.

혼자 있을 땐 '고독'을 즐기고

누군가와 같이 있을 땐 '함께' 즐기자.

무엇을 하든

현재에 몰입하는 것이 만족이고 행복이니까.

내 삶이 고달프고 힘든 이유는,

세상이 만들어 놓은 행복의 기준에

나를 끼워 맞추며 살기 때문이다.

깊어가는 것이 아니라 시간이 흐를수록 애틋해지는 마음이다.

벚꽃이 햇살 사이로 꽃비 되어 춤춘다.

밟을까 조심조심 걸어보지만 언덕을 만들며 쌓인다.

바라보기에도 쓸쓸한 벚꽃의 임종을

우두커니 서서 지켜보는데 휴대폰이 울린다.

한 달 만에 듣는 반가운 당신 목소리.

터질 듯한 그리움이 떨어진 벚꽃 사이를 걸어 다닌다.

"괜찮냐"는 목소리 따라 길 찾기를 하는 걸까.

가쁜 숨결을 내뿜으며 휘청거린다.

바늘 같은 아픈 기다림이 전신을 콕콕 찌른다.

당장 만나지 않아도 기쁨을 느끼는 이유는 내 안에 있기 때문일 거야.

사랑의 길 찾기는 언제쯤 멈출까.

벚꽃엔딩과 함께 봄은 땅속으로 묻히는데

낯빛 고운 해맑은 네 웃음을 언제쯤 볼 수 있을까.

어릴 적 내 아버지는

억울한 일을 당해도 묵묵히 참고

비굴할 정도로 몸을 낮추며 가족을 위해 버티셨다.

술에 취해 오시는 날에는 몸이 갈대처럼 휘청거려도

자식 줄 과자를 품 안에 안고 아빠의 청춘을 목청껏 부르시며

골목길을 터벅터벅 걸어오셨다.

'엄마'라는 어절을 읽는데 열 번이나 숨을 토해냈다.

입 안에서 빙빙 돌다 자꾸 멈춰진다.

멈춘 자리마다 마주치는 건 나를 애태우는 무엇이다.

작아만 지고 가벼워지시는 엄마.

그 작고 가벼워진 엄마의 몸을 바라보며 약정 기간을 뒤로하고 엄마를 붙잡는다.

1년, 2년 또 5년……

엄마와 나는 약속을 지켜가며 함께 늙어갈 것이다.

격려나 외로의 말은 화려한 수식어도 필요하지 않다.

누군가가 자신감을 잃고 방황하며 힘들어할 때에는

그 사람에게 힘이 되는 격려와 외로의 말이

아픈 곳을 치유해주는 가장 강력한 진통제이다.

하루하루가 힘겨운 사람들에게

따뜻한 격려의 말 한 마디

"괜찮다, 나도 그랬어. 다시 시작해 봐"는

큰 힘을 준다.

비밀번호를 입력하고 내 안으로 들어가면

내 안에는 수백 개의 눈이 있고, 수백 개의 귀가 있고, 수백 개의 입술이 있다.

수많은 눈과 귀 그리고 입이 나를 조종하고 있다.

진실과 거짓을 넘나들며 울어라, 웃어라, 가라, 멈춰라 명령한다.

part THREE

그대라 쓰고 그리움이라 읽습니다

행복한 사람

오늘은 내 안의 당신을 불러
나를 바라보듯 당신을 바라보고
당신을 바라보듯 나를 바라본다
마주 보며 웃는다

당신은 내가 사랑하는 사람
나는 당신을 사랑하는 사람
우리는 행복한 사람

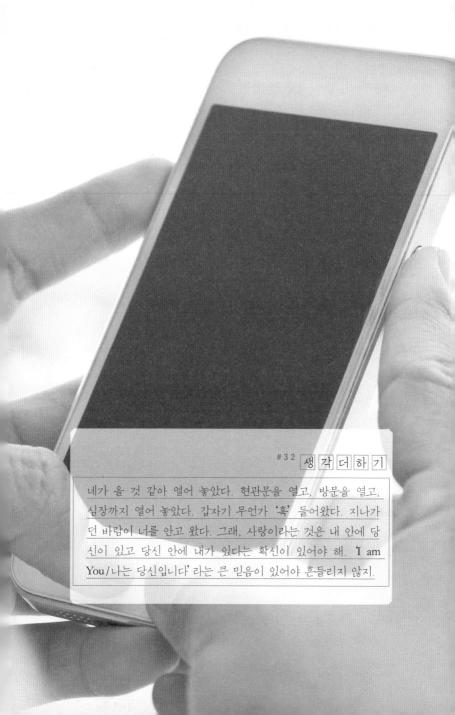

#32 생각더하기

네가 올 것 같아 열어 놓았다. 현관문을 열고, 방문을 열고, 심장까지 열어 놓았다. 갑자기 무언가 '훅' 들어왔다. 지나가던 바람이 너를 안고 왔다. 그래, 사랑이라는 것은 내 안에 당신이 있고 당신 안에 내가 있다는 확신이 있어야 해. 'I am You/나는 당신입니다' 라는 큰 믿음이 있어야 흔들리지 않지.

어찌 나보다 더 그리웠겠습니까

어젯밤 내내
가시나무새 되어 울었더니
이. 제. 서. 야. 오. 셨. 군. 요
어려운 발길, 고마워요

행여 그대 오실까
앉지도 서지도 못했던 나
그대 고운 발길에
애드벌룬처럼 부풀어 오르는 내 맘
그대는 아실런지요

속눈썹 끝에 매달린 기다림의 눈물들
이제야 떨어집니다
어찌
나보다 더 그리웠겠습니까

왜 잊고 싶지 않겠어요. 이렇게 쓰리고 비린내 나는 사랑 그만하고 싶었죠. 카푸치노 마시다가 입가에 묻은 거품을 한 손으로 슬쩍 닦으면 없어지는 것처럼 당신과의 시간도 그렇게 된다면 얼마나 좋겠어요. 그런데 어쩌죠? 눈뜨면 당신은 방긋 웃는 햇살처럼 내게 오라 손짓하고 해지면 어둠 길 가르며 몸보다 마음 먼저 뛰쳐나가는 나를 어쩌죠? 날이면 날마다, 밤이면 밤마다 당신에게로 함부로 쓰러지는 이 간절한 그리움을 나보고 어쩌란 말인가요.

해질녘이면 아프게 다가서는 그리움

당신 어찌 나를 슬프게 하십니까
당신 어찌 내 얼굴로 나타나 나를 힘들게 하십니까
나 태어나기 전에 내가 없었던 것처럼
당신을 만나기 전에 나라는 사람은 없었습니다
당신을 만났기에 당신을 사랑하기에
나라는 존재가 태어난 것입니다
말없이 다가와서 말없이 떠나는 시간처럼
언제나 말없이 나타나 나를 울리시고 사라지십니까
당신과 나 언젠가는 하나가 아닌 둘이 되어 떠나가겠지요
그때가 올까 봐 두렵습니다
그때가 올까 봐 무섭습니다
이 아침 내 머리 위로 비가 내립니다
아프게 비가 내립니다
당신 어찌 나를 슬프게 하십니까
당신 어찌 내 얼굴로 나타나 나를 힘들게 하십니까
당신 어찌 나더러 추억 속의 잔느로 살라 하십니까
난 이러지도 저러지도 못하는 인형이 되어 버렸습니다
당신이 남이 아닌 님으로 내 곁에 있을 수만 있다면
나를 사랑할 수만 있다면

나는 당신 앞에 무릎 꿇고 흐득흐득 울며 기뻐할 것입니다

당신 어찌 나를 슬프게 하십니까

당신 어찌 내 얼굴로 나타나 나를 힘들게 하십니까

#34 생각더하기

당신, 낙타 한 마리 기억하시나요? 사방에서 불어오는 모래바
람을 견디며 끝없는 모래사막을 그 누군가를 기다리며 터벅터
벅 걸어가고 있다는 것을. 늘 젖은 눈으로 누군가를 기다리며
홀로 사막을 걸어가는 가여운 낙타 한 마리를 기억하시나요?

미안해요

미안해요
당신을 사랑해서 미안해요
사랑한다는 것이 미안해야 한다는 것
처음 알았어요
당신을 힘들게 해서 미안해요
사랑하면 행복할 줄만 알았죠
나에게 미안하다는 말
하지 말아요
당신을 사랑해서 행복했으면 되는 거죠
아프지만 힘이 들지만
곧 익숙해지겠죠

당신 만나기 전처럼
혼자서 밥 먹고, 혼자서 영화 보고
혼자 노는 것에 다시 익숙해지겠죠
사랑은 아프기 위해서 존재하는 거라잖아요
미안해하지 말아요
지금의 아픔을
지금의 고통을 잘 견디면

새로운 기쁨이 찾아올 거예요

시린 겨울을 견디면 따뜻한 봄이 오잖아요

기다릴 거예요

나에게 봄이 올 때까지요

사랑하는 당신

아프게 해서 미안해요

#35 생각더하기

사랑은 태어나기 위해 그리움을 키우고 이별은 떠나기 위해
그리움을 지우죠. 그리움이 벗어놓은 곳마다 너덜너덜 움직이
는 외로움의 그림자를 지우기 위해 누군가는 때 이른 폭설을
기다릴지도 모르죠. 가끔 잊었다고 지웠다고 생각한 것들이
불쑥불쑥 고개를 내밀 때가 있죠. 하나의 압축된 기억으로 생
각날 때가 있죠. 압축된 그리움으로 흔들어 놓을 때가 있죠.
오늘이 그런 날인 것 같아요.

그리움을 껴안고 며칠을 울었다

당신이 밉습니다
미운 당신 때문에 하루 종일 울었습니다
당신이 밉습니다
나를 아프게 한 미운 당신 때문에
물 한 모금 마시지 않고 하루 종일 울었습니다
이런 나를 당신은 모르실 겁니다
당신이 밉습니다
나를 울린 당신이 미워 하루 종일 울었습니다
당신 때문에 너무 아파서 숨이 멎을 것만 같습니다
전설처럼 멀리 있는 당신을 찾아
맨발로 걸어 당신에게 간 나 불쌍하지도 않으셨나요
당신 보고픔을 두 손으로 가려도 보고
히잡으로도 가려보았지만 안 되는 걸 어찌합니까
허락 없이 당신을 사랑한 죄가 그리도 크답니까
사랑이 어찌 내 맘대로 내 의지대로 움직이는 거랍니까
오늘은 정말 당신이 밉습니다
당신, 제발 날 그만 아프게 하시지요
당신, 제발 날 그만 울리시지요

우두커니 창밖을 바라보니 비 되어 다가서는 당신의 얼굴 울컥 눈물이 쏟아지네요. 그때 왜 앞서 가야 했는지, 사랑한다는 말 한 마디가 그렇게 어려웠는지…… 몇 년 전의 질문을 다시 던져보네요. 얼마큼 지나야 그리움이 줄까요. 얼마큼 지나야 기다림이 줄까요. 얼마큼 지나야 감정이 가라앉을까요.

그대에게 띄우는 편지

소리 내어 울고 싶은데
그것도 맘대로 할 수가 없습니다
숨어들 곳 한 군데 있다면
지금이라도 당장 뛰어가고 싶은데
알 수 없는 매달림 때문에
하염없이 서글퍼지기만 합니다

사방을 둘러보면 그 어딘가에는
내 눈물을 닦아주고 내 슬픔 감싸줄 이 있겠지만
정작 나를 이해한다며 등이라도 두들겨 주며
날 위로해 주는 사람이 있으면 좋겠습니다
내가 사랑하는 당신이
나를 사랑하는 당신이
당신이 그런 사람이었으면 좋겠습니다

순간적인 홧김에
그 어딘가 찾아가면 반겨줄 이 있겠지만
끝까지 내 편이 되어 바람막이로
든든하게 지켜줄 사람이 있으면 좋겠습니다

내가 사랑하는 당신이
나를 사랑하는 당신이
당신이 그런 사람이었으면 좋겠습니다

이런 축축한 기분일 때
소리 질러도 미안하지 않고
달려가 안겨도 부담스럽지 않고
설사 기절을 해도 뒷일이 걱정되지 않는
그런 사람이 있으면 좋겠습니다
내가 사랑하는 당신이
나를 사랑하는 당신이
당신이 그런 사람이었으면 좋겠습니다

생각더하기

첫 마음 그대로 돌아가 살아간다면 사랑에 있어 불신도, 미움도 줄어들 텐데요. 그게 쉽지 않아요. 시간이 흐를수록 비교를 하고 무게를 다는 내가 밉고 두려워요. 잊었던 기억들이 순서대로 튀어 나와 아픈 추억으로, 눈물의 추억으로 이끄네요. 시원한 폭포수처럼, 가냘픈 봄비처럼 흘러내리네요. 그리움의 붉은 옷, 기다림의 푸른 옷 모두 기쁨이었어요. 그때는.

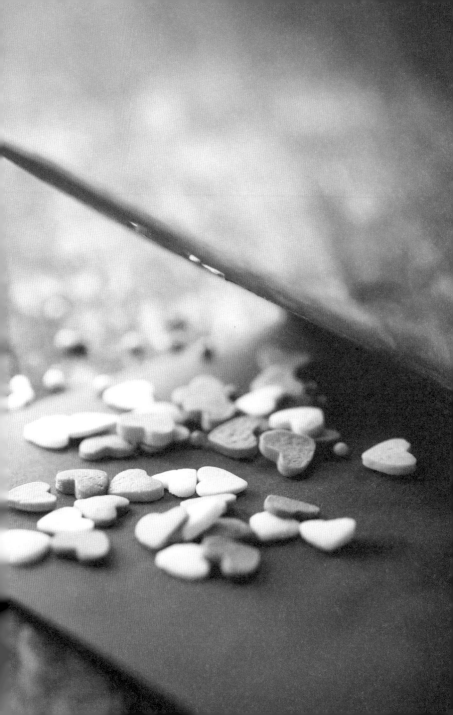

사랑했다, 사랑한다

사랑도 아팠지만 이별은 더 아팠다
떠나가는 네 뒷모습은
바람에 떨어지는 붉은 가을 나뭇잎의 실루엣처럼
나를 슬프고 아프게 했다

그 어떤 사랑이든 사랑은 아름답고 고귀한 것인데
떠난 사랑의 얼룩은 오래 남고 상처는 왜 이리 깊은 것인지
그 얼마의 시간이 흘러야 널 잊고 지울 것인지
눈물 속에 아른거리는 회색빛 너의 실루엣
오래 지워지지 않을 것 같아
사랑했다, 그리고 사랑한다

정녕 가야 한다면
가는 것이 너를 편안하게 한다면
웃으며 보내줄게
사랑하니까 보내야 하는 거겠지
그리움의 이파리 가지마다 파릇하게 피어오르더라도
내 가슴에 하나둘 묻으면 되지

이제는 꽃비 내리듯 흘러내리는 낙엽처럼
너라는 단단한 줄기에서 떨어져 나갈게
바람에 떨어지는 낙엽이 될게
그래도 네가 미칠 만큼 그리우면
붉게 물든 나뭇잎에 흘림체로 〈보고 싶다〉라고 써서
바람에게 안부를 물을게

사랑했다, 그리고 사랑한다
나를 기쁘게 해준 너를 사랑했고
너를 잠시 행복하게 해준 나를 사랑했다
내 사랑아 부디 울지 말고 편히 떠나가길
너와 나의 추억의 이력, 이젠 내 가슴에 묻을게
사랑했다, 사랑한다

생각더하기

봄꽃 아래 나누던 사랑의 맹세는 어디로 갔을까요. 한 사람을 위해 365편의 메일을 띄우던 심장의 울림, 겁 없이 주고받았던 코냑보다 독한 사랑의 조각들 어디로 갔나요. 껍질 벗는 양파처럼 돌아갈 수 없는 그 날을 그리워하며 추억의 허물을 벗고 있어요. 어쩌면 끝난 인연도 진행형으로 기억 속에 살아가나 봐요. 함께 웃고 울며 늙어가며 영원히 현재진행형으로……

약속

보고 싶어도 꾸욱 참기로 했다
미쳐버릴 만큼 그리워도 참기로 했다
첫 눈 오는 날까지……

#39 생각더하기

새벽 1시, 칠흑의 어둠이 호랑가시잎처럼 단단해져 세상의 집을 모두 감싸 안네요. 눈발 날리는 허공을 새 한 마리 날아가네요. 백야의 세상 하얗게 하얗게 타오르네요. 내일을 향해……

수평보다 수직이 그리운 날

오로지
바람에게 안부를 묻고
바람의 흐느낌으로 너를 느낀다

여전한 떨림
쉼표로 이어지는
가느다란 호흡소리
어깨마저 들썩인다

바르르 떨리는 속눈썹 아래로
눈물 한 방울 걸터앉는다
너에게로의 귀환
얼마의 시간이 걸릴까

시리도록 아픈 눈먼 그리움
사랑이 아프다

다 잊었다고 지웠다고 생각한 것들이 불쑥 고개를 내밀 때가 있죠. 한 사람의 얼굴, 목소리가 압축된 형상으로 나타날 때가 있죠. 단 하나의 압축된 그리움이 나를 거칠게 흔들어 놓을 때가 있죠. 이별한 후에 시작되는 아픈 사랑 때문이죠.

그대 내 곁에 있어 준다면

그대 내 곁에 있어 준다면
길 잃은 나에게
길 가르쳐 주는
그대 내 곁에 있어 준다면

내가 힘들 때
내가 아플 때
못내 그리운 그대가
단숨에 달려와 준다면

나, 빈 몸으로 떠난다 해도
죽을 만큼 아파도
그대 내 곁에 있어 준다면
나, 참 행복할 텐데……

41 생각더하기

온종일 당신을 생각하고 당신을 그리워하네요. 당신을 만나면 모든 것이 다 채워질 줄 알았는데 당신을 만나고 나면 보고픔은 또 다른 갈망으로 이어지고 당신 품에 안겨 있어도 당신에 대한 사랑은 끝이 없네요. 얼마나 오래 당신을 만나야 얼마나 오래 당신을 사랑해야 당신의 사랑을 다 가질 수 있을지 정말 모르겠어요.

신은 인간에게

태어남과 죽음에 대해 선택권을 허락하지 않았지만

그 밖의 것에는 얼마든지 선택할 수 있는 자유를 주었다.

그러나 선택할 때에는

'얼음(ice)처럼 냉정하라'는 뜻에서

Choice 안에 ice를 심어두었다.

욕심 부리지 말자.

내 눈높이만 바라보며 살자.

아주 작은 것에도 감사하자.

그게 내 행복이니까.

✣

인간에게 두 손을 만들어 준 것은

한 손이 포기하려고 내려놓을 때

다른 한 손이 포기 못하도록 잡아주기 위함이고,

욕심내어 더 많은 것을 채우려 할 때

다른 한 손이 막기 위함이다.

✣

인간은 지나간 추억을 그리워하고,

추억은

힘들고 아플 때 삶을 지탱해주는

지지대 역할을 한다.

'보고 싶어, 사랑해, 어디쯤 오고 있는 거야.'

그 많던 그리움의 말들은 어디에 숨었을까.

기쁨과 아픔을 동시에 품은 채 무작정 걷게 하던 그 말들은 다 어디로 갔을까.

그 쓰라린 마음들은 어디에 숨었을까.

활을 든 사냥꾼처럼 나를 향해 쏘아대던 그 많은 화살은 어디로 갔기에

나는 이렇게 견딜 만해졌을까.

마지막 한 모금의 숨이 남아 있는 그 순간까지

아프도록 죽도록 사랑하고 싶다.

아픈 데 없냐고 당신은 물었다.

'괜찮아요'라고 말하는 순간, 뒤엉킨 아픔이 한꺼번에 밀려왔다.

멀리 있는 그대가 사무치게 그립다.

느리게 흐르는 시간이 죽도록 밉다.

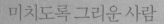

미치도록 그리운 사람

잊어야지
잊어야지
하면서도 못 잊는 사람

당신이라는 사람
당신은 누구신가요
비 오는 오늘
당신이 그리워 슬프다
미치도록 아프다

깊은 밤 후두둑 창문 두드리는 소리가 들리네요. 땅에 사선으로 떨어지는 빗방울 흔들리는 상념을 선명하게 씻어 주네요. 밤새도록 눈물처럼 흐르는 비, 그 빗속에 환하게 웃는 얼굴이 태어나네요. 이별에도 이유가 있죠. 가면을 벗은 당신을 사랑해야 하는데 가면을 쓴 당신을 사랑했기 때문이죠. 당신도 마찬가지지만. 이유가 무엇이든 용서를 하기로 해요. 당신을 위해서가 아니라 남아있는 나를 위해서요. 용서해야 마음의 짐을 내려놓고 자유를 찾을 테니까요. 당신도 그랬으면……

당신 때문에 난 늘 아픕니다

당신 때문에 난 늘 아픕니다
당신을 만나서 아프고
당신을 못 만나서 아프고
당신의 소식이 궁금해서 또 아프고
당신이 아프지나 않을까 두려워서 아프고
당신을 영 만나지 못할까 무서워 또 아픕니다
당신 때문에 하루도 안 아플 날이 없습니다
이래저래 늘 당신 생각
난 오늘도
당신 생각을 하며 하루를 살았습니다
아픈 하루를 살았습니다

당신을 보내는 날 기적소리를 따라 갔어요. 끓어오르는 슬픔을 앞서거니 뒤서거니 하며 엉키는 기적소리에 실어 보냈죠. 나에게 있어 기적소리는 슬픔의 붉은 관이죠. 하나를 얻으면 하나는 내려놓아야 하나 봐요. 신은 우리의 두 손에 모든 것을 안겨주지는 않는 거 같아요. 내가 하나를 얻으면 다른 누군가가 하나를 내어 놓아야 하기 때문일까요. 사랑을 하여도 기쁨만이 아니라 고통도 함께 안겨주니까요. 사랑이 그런 거 같아요. 죽을 만큼 사랑하여도 단 한 번은 놓아야 하는 순간이 오니까요. 운명이라는 말, 때론 참 싫고 무서워요.

달이 되어

내가 그대의 하늘
그대의 바다가 될 수 없다면
차라리 밤에 뜨는 달이 되어
아무도 몰래 그대의 뺨에
그대의 입술에 키스하리라

잎, 열매를 다 내어주고도 허허 웃는 은행나무처럼 가진 전부
를 내어주고도 더 줄 것이 없어 미안해지는 마음이 사랑이죠.
짙은 안개가 오감을 휘감으며 세상을 가리는 새벽, 겁 없이
당신이라는 바닷속으로 풍덩 뛰어드네요.

너의 생일

너를 떠나보내고 다시 맞이한 너의 생일
네가 죽도록 그리웠다
감기처럼 보고픔으로 여러 날을 앓고 아파했지만
난, 널 찾지 않았다
파도에 씻겨 닳아버린 바위처럼
오래도록 외로움에 다져진 탓에
너의 얼굴 너의 목소리가 되살아나
미치도록 보고 싶은데 찾지 않았다
다만 부치지 못한 메일만을 끝없이 저장해두었다
너의 마음 한 자락을 잡았다가 놓는 연습만을 되풀이한 채
그렇게 너의 생일을 보냈다

#45 생각더하기

기다란 느낌표 하나 남긴 당신에게 헤어지기 전에 고맙다고
미안하다고 말하지 못해 아쉽죠. 다 내려놓고 잘 지내시라고
이제야 기도로 대신하네요. 당신과의 이별, 무엇으로 치유되
지 못하지만 마음속은 잊으려는 기억과 잊지 않으려는 기억
이 싸움을 벌이겠지만 힘들어도 살게 하는 힘은 익숙한 일상
이에요.

그대 혼자라서 외로운가요?

그렇다면 고개를 돌려보세요.

바로 옆에 그리고 뒤에 웃으며

"힘내"라고 손 흔들어주는 사람들이 있으니까요.

아, 나에게 그 순간을 돌려줄 것인가.

황홀했던 그날을.

아, 나에게 그 순간을 돌려줄 것인가.

아름다웠던 그날을.

아, 나에게 그 순간을 돌려줄 것인가.

사랑해서 행복했던 그날을.

❦

깊은 마음만큼 사정없이 번지고 물드는 그리움이 있다.

그래서 걷잡을 수 없을 만큼 미치도록 황홀한 순간,

그날이 기다려진다.

❦

후회가 많을수록,

반성의 시간이 길수록 삶은 겸손해진다.

죽도록 사랑한 만큼 또 멀어지고 상처 난 시간에 내려앉는 긴 기다림.

그리움도 세상 밖, 기다림도 세상 밖.

허기진 욕망은 한여름 메밀밭에서 몸부림친다.

네게 보여주려고 빨갛게 매니큐어 칠한 손톱이 흉하게 자랐다.

네게 주고 싶어 네게 주려했던 첫 마음까지 멀어진다.

기다리다 지쳐 길들여진 절망 하나 때 이른 소나기가 되어 목 놓아 울고 있다.

그리움이 많아서 어지럽던 겨울바다,

눈 온 뒤에 마알간 웃음으로 반긴다.

너를 보내고 돌아오는 길 하늘은 시리도록 파랗고

전화벨은 더 이상 울리지 않았다.

세상은 여전히 같은 모습,

내 마음 속엔 석양의 기인 그림자처럼 그리움만 쑤욱 올라온다.

울음이 그치질 않는다. 내가 운다.

슬픔이 전이된 몸도 사시나무 떨듯 흐느낀다.

이별 앞에서는 그 무엇도 위로되지 못한다. 하루가 너무 길다. 잔인할 만큼.

머리에서 심장까지 30센티미터도 안되는데

이별은 심장에 도착하지 못한 것 같다. 여전히 한 방향으로 뛰고 있으니.

욕심내서 행복했던 사람, 내 사람이기를 간절히 빌었는데……,

너무 일찍 찾아온 이별 앞에서 목이 멘다.

한 사람이 떠나가도 더 많이 사랑한 사람은 여전히 그 공간 속에 갇힌다.

사랑한 사람의 이름을 심장에 문패처럼 걸고 살게 된다.

추억이 아닌 기억 속에서 영원히 숨 쉬는 것처럼.

또 이렇게 생의 한가운데에서 누군가를 만나고 웃고 운다.

누군가와 사랑에 빠지고 이별한다.

결혼도 하고 아이도 낳고 반복되는 생활에 무뎌질 만큼 익숙해진다.

삶의 수레 위에는 묵직한 것들이 오르고 내린다.

너무 무거워 수레바퀴가 빠질 만큼 힘겨울 때가 있지만,

스스로 능력의 한계점을 찾아 무게를 덜고 더해가며

생의 한가운데서 수레를 끌어간다.

이별을 견디는 비결은 왔던 길로 다시 돌아가는 것이 아니라

힘들어도 왔던 길을 돌아보지 않고 앞으로 한걸음을 내딛는 것이다.

앞으로 내 딛는 첫걸음이 새로운 만남의 시작이니까.

생각도 의지도 시간이 지나면 돌처럼 단단해지니까.

part FOUR

따뜻한 안부, 나를 잊지 말아요

인연

어떤 인연은 마음으로 만나고
어떤 인연은 몸으로 만나고
어떤 인연은 눈으로 만납니다
어떤 인연은 내 안으로 들어와 주인이 되고
또 어떤 인연은 건널 수 없는 강이 됩니다

#46 생각더하기

당신 몸 안에서 물고기가 되어 헤엄치고 싶어요. 지리산 산양
처럼 뛰어놀고 싶어요. 눈이 내려놓지 못한 입이 뱉지 못한
말들을 쏟아가며 사랑하고 싶어요. 내 안의 주인이 당신이었
으면 해요. 그래도 되죠?

굿바이, 내 사랑

널 만나는 동안 나도 늘 외로웠다
이젠 캄캄한 세상 속에 너를 가둔다
차가운 땅 속에 너를 고이 묻는다
행여,
익숙한 웃음소리가 들리더라도 일어나지 마라
오래오래 깊은 잠 속에 취해 있거라

널 만나는 동안에도 나는 외로웠다
널 사랑하는 동안에도 나는 슬펐다
너와 함께 있어도 난 혼자였다
그래서 외로웠다

이제 난 너를 보낸다
일어나지 마라
나의 울음소리가 널 모질게 흔들더라도
깨어나지 마라
나에겐 이제 웃음은 없다
익숙한 외로움만이 나의 몫일 뿐
굿바이, 내 사랑

우연에서 인연으로, 인연에서 다시 우연으로 끝나버린 만남.
운명처럼 당신은 한 순간순간마다 내 곁에 있었고 눈빛만 보
아도 당신의 마음을 읽을 수 있었고 호흡소리까지도 익숙하게
되었지만 예정된 인연은 여기까지인가 봐요. 서쪽으로 흐르던
이정표 가슴에 담을게요. 사랑이란 이름으로 당신을 부르지
않을게요. 나 때문에 흔들리지 마세요. 그대, 안녕.

이젠 너를 내 가슴에 묻을래

너를 만나 사랑했고
너를 만나 행복했지만
이젠 너를 내 가슴에 묻을래
정말 힘들고 아프면 마음으로 우는 거야

비록 지금은 헤어지지만
이다음에 다시 태어나면
너와 나 사랑하는 연인으로 만나는 거야
서로의 마음속에
뿌리 내리는 나무처럼
오래오래 사랑하는 거야

그 무엇 때문에 흔들리지 말고
그 누구 때문에 쓰러지지 말고
아프지도 말고 씩씩하고 강하게
늘 그 자리에서 오래오래 사랑하는 거야
비록 지금은 헤어지지만
이다음에 다시 태어나면
너와 나 사랑하는 연인으로 만나는 거야

오늘따라 하얀 메밀꽃, 주홍빛 꽃무릇이 별빛을 안으며 춤을 추네요. 첩첩한 그리움을 뚫고 겁 없이 춤추던 사랑 이제 내려놓을게요. 내 몸속에 채워지던 당신이라는 사람, 당신 몸속에 채워지던 나라는 사람 우리, 하나에서 둘이 되는 거죠. 많이 흔들리고 한없이 외로웠어요. 어딘가에서 나를 일깨우는 소리가 들렸어요. "사는 이유가 되고 기쁨이 되는 것을 찾아라." 여전히 현실과 이상 속을 넘나들며 춤추지만 사랑도 곧 현실과 조화를 이루겠죠. 넘치도록 부풀어 오르던 비릿한 욕망의 날갯짓을 접을게요.

널 잊기 위해 한없이 걸었어

널 만나 가슴 뛰었던 거
오지 않을 너를 무작정 기다렸던 거
표정 없는 너를 미치도록 사랑했던 거
정말 아름다웠어

떠난다는 네 말에
죽도록 널 미워했던 거
모두 잊기 위해 한없이 걸었어

잊으려 할수록 지우려 할수록
보고 싶은 영화처럼
듣고 싶은 유행가처럼
아프게 다가오는 너

널 잊기 위해 한없이 걸었어
무작정 이곳저곳으로
목적 없이 이유 없이
자꾸만 생각나는
널 잊기 위해 한없이 걸었어

#49 생각더하기

다 잊겠노라며 마음에 금을 긋고 당신을 보내고 돌아오는 길.
명동 숲에는 무지개꽃이 피었어요. 시들어도 아니 되고 꽃으
로 피어서는 더욱 아니 되는 그림자 사랑에 눈물만 흐르네요.

이별

언젠가는 널 잊겠지
한 해 두 해 떠나가는 연습을 하고 있으니까
언젠가는 먼 그림자 보듯 널 편안히 추억하겠지
아름다운 너를 잊기 위해
네가 남긴 생생한 기억을 잊기 위해
너 아닌 나와 싸우지만
사랑으로 보고픔으로 취하던 날들이 너무 많아
감추고 감춰도
줄줄 흘러내리는 눈물이 너무 많아 힘들지만
흐르는 계절 여러 번 떠나보내고 나면
너의 이름 편안히 불러도 담담해질 날 있겠지
그 언제인가는……

결국 그리움에 멍든 바다갈매기 '꽈이오' 외치며 날아오르네요. 비릿한 내음이 얼마나 그리웠으면 강물에 부리를 대며 흔드네요. 쉴 새 없이 셔터를 눌러대던 그 많은 기억을 눈동자에 담아 심장으로 보냅니다. 시간은 흘러 사라지지만 기억은 저장되죠. 만나고 헤어지고 다시 만날 예정인 사람까지 추억이라는 섬으로 들어가겠죠. 입가에서만 빙빙 돌다가 차마 말 못한 사랑했다는 한 마디까지 밀물되어 들어가겠죠.

널 잊을 수 있을까

기억보다 망각이 앞서면
널 잊을 수 있을까
눈물이 빗물처럼 흘러 내려도
널 내려놓을 수 있을까

네 이름 석 자만 떠올려도
심장의 울림이 기적소리 같은데
널 지우개로 지우듯 지울 수 있을까
눈물이 마르고 심장소리 멈추면
널 정말 잊을 수 있을까

일생을 참 슬프게 사는 꽃
보고 싶은 그리움을 견디다 견디다
꽃으로 피어나는 상사화처럼
너와 나의 사랑도 그럴지도 몰라
아!
아직도 사랑할 시간이 너무 많은데
우린

말없음표를 날리며 안타까움을 표현했던 사람. 돌아갈 수 없는 시간 속에 두 점이 되었네요. 잘 지내는지 아픈 데는 없는지 안부를 묻고 싶지만 물을 수도 들을 수도 없는 먼 그대가 되었네요.

잊으려 하니 꽃이 피더이다

잊으라 했기에 당신을 잊으려
시간아 흘러라 빨리 흘러라 그랬지요
겨울이 가고 봄이 오듯 흘러가면 잊힐 줄 알았지요
그런데 시간마저 당신을 놓아주지 않더이다
사무치도록 그리워 가슴에 담은 당신 이름 세 글자
몰래 꺼내기도 전에 눈물 먼저 흐르더이다
당신 떠나고 간신히
잊는 법 용서하는 법을 배우기 시작했는데
다시 찾아온 계절은
누군가 몰래 맡기고 간
베르테르의 편지를 안겨주더이다
당신을 사랑하던 봄
지운 줄 알았던 당신의 흔적
곳곳에 문신처럼 박혀있더이다
잊으라 해서 잊힐 줄 알았던 에로티시즘
다시 찾아온 봄과 함께 전신으로 번져가더이다
가늘게 떨리듯 호흡하는 목소리가 아직도 익숙한데
잊으려 하니 그제야 꽃이 피는데
나 어찌합니까

나를 잊으라는 그대에게 스물네 살, 그때로 돌아가 묻고 싶어 요. 하나의 약속을 위해 빈 들판의 주목처럼 살아온 나는 정녕 그대에게 무엇이었냐고.

너무 아픈 우리 이별

그냥 왔습니다
오다 보니
그대가 사는
이곳까지 오고야 말았습니다

오지 말아야 했음에도
와서는 안 되는 곳인 줄 알면서도
한 걸음 두 걸음 걷다 보니
이곳까지 오고야 말았습니다

당신이 보고 싶었지만
당신께 전화를 걸고 싶었지만
우리는 헤어졌기에
발길을 돌려야만 했습니다

헤어진 지 오래지만
사랑했던 기억의 저편에서
늘 서성이는 그대
이럴 줄 알았더라면

이렇게 잊기 힘들 줄 알았더라면

헤어지지 말걸 그랬습니다

차라리 헤어지지 말걸 그랬습니다

#53 생 각 더 하 기

사랑의 지문을 남기지 않은 채 사라진 사람. 그 이유를 알았
을 때는 돌아갈 수 없을 만큼 너무 멀리 와버렸어요. 빗방울
의 촉촉한 습기에 그리움을 새겨 그 사람 있는 곳으로 날려
보내요. 잘 지내냐고 참 그립다고……

오늘 정답이던 것이 내일은 오답이 되는 게 인생이다.

성공이라는 것이 때로는

모든 사람이 소중하다고 말하는 99%의 그 무엇이 아니라

모든 사람이 하찮게 여기는 1%에 있다.

때로는 그 작은 1%가 운명을 바꾸어 놓는다.

❖

여행은

목적지를 정하지 않고 가도 되지만

인생은

반드시 목적지를 정해서 가야 한다.

❖

In my heart, There is only you.

슬픔이 손을 내밀면 기꺼이 잡아주는 거야.

기쁨이 한 발 물러나면 존중해주는 거야.

밀어내지도 말고 물러나지 않으며 부딪쳐 보는 거야.

때로는 새처럼 날렵하게, 때로는 나비처럼 사뿐히.

그들이 내뿜는 향기에 취해 젖어 보는 거야.

Don't give up. Never give up. Never ever give up.
If you really love me, if you really need me.

포기하지 말아요.

절대 포기하지 말아요.

끝까지 포기하지 말아요.

정말로 나를 사랑한다면.

정말로 내가 필요하다면.

한 번 더 만나면 사랑하게 될 것 같아 더 이상 만나지 않았다.

다시 만나면 '사랑해'라는 말을 할 수 있을까.

'가난한 내가 아름다운 나타샤를 사랑해서 오늘 밤은 푹푹 눈이 나린다'

백석의 시에 나오는 슬픈 나타샤가 되지 않기 위해 느리게 다가가자.

때로는 거룩한 호흡에 맞춰 춤을 추는 바람의 후예가 되고 싶고,

때로는 그대의 율법에 따라 행동하는 그대의 여인이고 싶고,

때로는 포장된 가면을 벗고 한 잔의 술을 들이키며 섞이고 흔들리는

지극히 인간적인 사람이고 싶다.

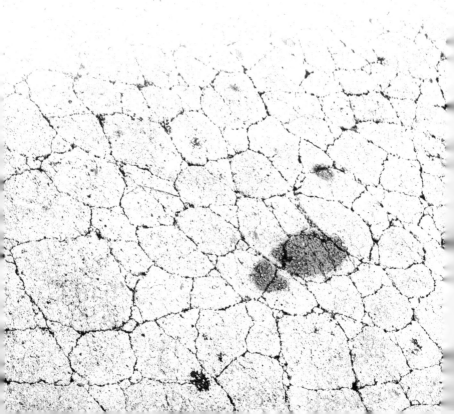

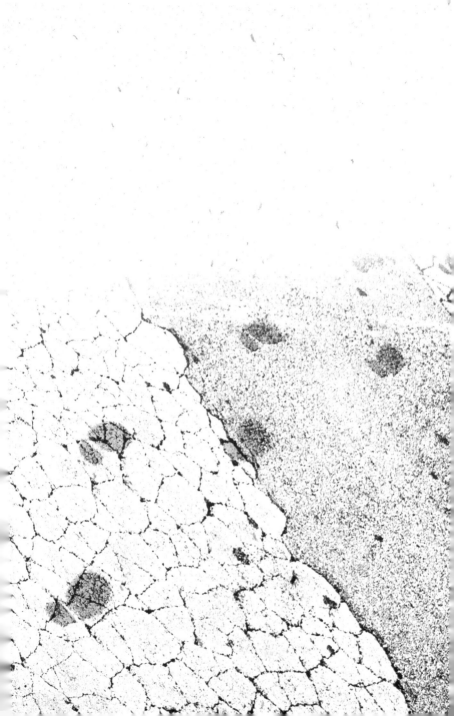

내가 아픈 줄 모르고

내가 울 때 넌 웃었다
내가 웃을 때 넌 울었다
그것이 우리가 이별한 이유이다
나의 눈물을 넌 이해하지 못하고
너의 웃음을 난 비웃었다

그 이유 하나로
넌 너대로 난 나대로의 길을 갔다
우린 영원히 마주칠 수 없는
평행선상에서 춤을 추었다
마음 한편에 외로이 서 있는
모가지가 긴 사슴처럼
아픔은 여전히 내 살을 갉아 먹고
아픔에 부들부들 몸을 떨며
시린 겨울을 보낸다

봄이 오고 여름이 지나면
기다리지 않아도 찾아오는 가을
그리고 겨울처럼
아픔도 자연의 섭리처럼
흐르는 시간과 함께 사라지겠지

생각더하기

계산된 한계와 계산된 비교가 찾아오면 예정된 어긋남이 문
밖에서 기다리죠. 결국 문밖의 사랑이 되어 훨훨 새 둥지를
찾아 날아가죠. 함께한 시간들, 한 통의 필름에 담아 책장 속
으로 밀어 넣죠. 고마웠어요. 미안해요. 영원히 안녕이라고
말하죠.

아프게 비가 내립니다

아프게 비가 내립니다
그대가 비가 되어 내립니다
아프게 내립니다

빗방울이 그대 눈물처럼 느껴집니다
빗방울이 그대 얼굴처럼 보입니다

비가 내립니다
아프게 슬프게 내립니다
그대가 그립습니다

그대 사랑 꺼안고 그대를 기다립니다
하지만 그대는 너무 멀리 있습니다

나 오늘 비에 쓸려서
나 그대 곁에 갈 수 있다면 좋겠습니다
그대를 만날 수 있다면 좋겠습니다
단 한 번만이라도
사랑하는 그대를 만날 수 있으면 좋겠습니다

55 생각더하기

비 되어 다가서는 얼굴, 울컥 눈물이 쏟아져 내려요. 그때 왜
바삐 떠났는지 몇 년 전의 질문을 독백처럼 던져보네요. 다시
누군가에게 깊숙이 물들어도 죄가 되지 않는 날이 허락된다면
희디흰 소금처럼 깨끗하고 순결한 모습으로 물들고 싶어요.
사랑할 수 있는 날이 예정되어 있다면 그때는 주저 없이 안기
고 싶어요.

순백의 목련이고 싶다

만일 내가
다시 태어난다면
꽃이 되고 싶다

너의 눈길에 초록의 입술을 틔우고
너의 손길에 몸 풀듯 흰 옷을 갈아입는
한 떨기 꽃이고 싶다

행여, 비껴가는 인연이 되어도
너의 시선, 너의 체온 속에서 피고 지는
순백의 목련이고 싶다

#56 생각더하기

다시 사랑할 수 있는 날이 온다면 그런 날이 예정되어 있다면
주저 없이 기쁘게 맞으리라. 주홍의 뜨거움으로 꽃비 내리듯
잔잔히 속삭이리라. 참 많이 그리웠다고……

당신이 행복하길 바랍니다

내게 사랑의 의미를 갖게 해준
당신에게 감사드립니다
당신 때문에 참 많이 아팠고
당신 때문에 참 많이 슬펐지만
그 아픔도 슬픔도 아름다웠습니다

아픔이 슬픔이 아름다울 수 있다는 것을
내게 가르쳐준 당신
그래서 당신을 사랑하는지도 모릅니다
나, 당신을 사랑할 수 있어 참 행복합니다
당신 때문에 여전히 아프고 슬프지만
이 고통이 언제 끝날지 알 수 없지만
당신을 사랑하게 된 걸 후회하지 않습니다

만일 당신이 내 곁을 떠난다 해도

난 당신을 영원히 사랑할 것입니다

이제는 당신이 아프지 않기를 바랍니다

이제는 당신이 슬프지 않기를 바랍니다

당신이 행복하기를 바랍니다

당신이, 이 세상에서

가장 행복한 사람으로 살기를 바랍니다

#57 생각 더 하기

어디에 살든 무슨 일을 하든 삶의 모습은 달라도 욕심 내지
않고 꼿꼿한 신념으로 자신이 하는 일에 몰입하며 최선을 다
하는 사람에겐 좋은 향기가 나길. 당신 어디서 무엇을 하든
잔향이 그윽하게 나는 사람이길 바라요.

사랑은 아름다운 손님이다

사랑은 자로 재듯
정확한 날짜에
찾아오는 것이 아니다

때로는
소나기처럼 갑자기
때로는
눈처럼 소리 없이
때로는
바람처럼 살포시
내려앉는다

그래서
사랑은 손님이다
언제 찾아
언제 떠날지 모르는
아름다운 손님
그게 사랑이다

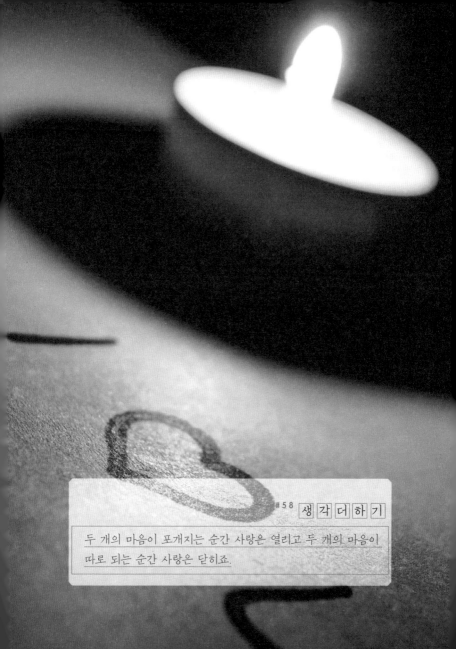

#58 생각더하기

두 개의 마음이 포개지는 순간 사랑은 열리고 두 개의 마음이
따로 되는 순간 사랑은 닫히죠.

아름다운 이별

당신을 만나서 참 기뻤습니다
당신을 사랑할 수 있어 행복했습니다
아주 오래된 인연처럼
당신을 만나 서로의 가슴 속에
그리움을 낳고
아픔을 낳고
사랑을 낳았습니다

이제는 돌아가야 할까 봅니다
떠나야 하나 봅니다
정작 자신은 저물면서
서쪽 하늘을 아름답게 물들이는 노을처럼
숨죽이는 아름다운 만남을 간직한 채
내가 왔던 길로 돌아갈까 합니다

당신을 알고부터

아픔도 아름다울 수 있다는 걸 느꼈습니다

아마도 난 아름다운 만남보다는

아름다운 이별에 어울리는 사람인가 봅니다

당신의 웃는 모습을 볼 수 있어

참 행복했습니다

당신을 만나 사랑할 수 있어 행복했습니다

#59 생각더하기

그거 아세요. 뿌리로부터 떨어져 나가는 꽃잎도 목숨만큼 사
랑했던 사람도 언젠가는 떠나간다는 것을. 사람과 사람 사이
의 아름다운 전설을 묶고 또 묶으며 떠나간다는 것을. 흐르는
것은 시간만이 아니라는 것을······

There is only you under the sky.
In my heart, There is only you.

하늘 아래 너밖에 없어.

내 마음속엔 너만 있어.

언제까지나 봄날만 있을 줄 알았죠.

그러나 돌이켜보니

봄날은 무척 짧았어요.

삶에 대한 물음표를 던질 때

나에게 말을 걸어왔던 밀턴은 《실낙원》에서 이렇게 말했다.

'오래 사느냐가 중요한 게 아니라 잘 사는 것이 중요하다'고.

원하는 삶을 살기 위해서는

세상에서 가장 두려운 적인 자신과 싸워 이겨야 한다.

사랑이라는 씨앗이 새싹이 되는 순간 서로의 말을 배운다.

살갗 같은 서로의 언어를 배운다.

유치해지는 날도, 으쓱한 날도 있고, 어리석은 날도,

이기는 날도, 지는 날도 있다.

익숙해질 무렵 서로의 눈으로 세상을 바라본다.

천천히 느리게 서로를 닮아가며, 그게 사랑이다.

해질녘 노을 속 백일홍이 빨갛게 타오르다

뽀송한 솜털 박힌 꽃잎 하나 '툭' 떨어뜨립니다.

교외 들판에는 연둣빛 스카프를 두르고 서둘러 여름이 오고 있겠지요.

여름이 오면 푸른빛 영혼 속에 갇히렵니다.

영원한 사랑을 위해 죽음을 선택한

괴테의 《젊은 베르테르의 슬픔》을 읽다가 짧은 휴식을 취했다.

막 눈이 내리기 시작했고 빌리 조엘의 피아노맨이 따뜻하게 들려왔다.

갓 나온 계란 토스트,

슈크림이 많이 들어간 달달한 라테,

전신을 끌어 안는 깊숙한 소파,

작지만 기억에 남을 것 같은 행복 한 조각이다.

스멀스멀 이별이 사랑을 안고 종적을 감춘 후, 몸살 같은 통증이 시작된다.

일종의 이별의식 같은 것이 시작된다.

얼마의 시간이 걸릴까.

고통을 잠재우기 위해 라면을 끓이고, 라면을 먹고,

소화가 되지 않는 더부룩함과 함께 잠에 취한다.

견딤과 기다림이 익숙해지면 이별에 대한 애도의 의식이 끝나고

만남을 위한 축가가 울리리라.

첫 연구 수업일. 두려움 반 설렘 반,

머리부터 발끝까지 부담스럽지 않은 블랙&베이지로 마무리 했다.

마음을 비우고 학습지도안을 정리하는 중에

로버트 프로스트의 말을 계속 되뇐다.

"성실에는 지나침이란 있을 수 없다.

단 마음의 여유를 가지고 일을 해야 자유로워진다."

아침에 눈뜨면 추상의 것들이 나를 반긴다.

아침에는 어떤 기쁨이 나를 웃게 하고, 저녁에는 어떤 슬픔이 나를 울게 할까.

늘 가슴 졸인다.

기쁨이 행복이 그리움이 아름다운 갈망이라면

슬픔, 불행, 기다림은 그들의 그림자이다.

만질 수도 볼 수도 없는 추상의 것들이

희망과 절망으로 밀물, 썰물처럼 오간다.

추상은 아름답지만 때로는 추악하다.

그럼에도 추상의 가치에 대한 욕망이 사라진다면

삶의 이유도 존재 가치도 없다.

part FIVE

인생아, 화이팅

선택

선택이라는 것은
또 하나의 무엇을 포기해야 하는 것이다
하나를 갖기 위해서는 또 하나를 포기해야 한다
때에 따라 배반을 의미하는 것인지도 모른다
사람들은 하나를 선택하면
또 다른 그 무엇을 포기한다는 것을 잊고 있다
분명 하나를 얻기 위해서는
가진 것 중에서 하나를 내어놓아야 한다

60

생각더하기

인생을 살아가는 데 가장 중요한 것은 나를 믿는 것이고 나를
사랑하는 것이고 나에게 확신을 갖는 것이죠. 나무가 버려야
할 것이 무엇인지 아는 순간 잎을 붉게 물들이는 것처럼 오늘
의 삶 속에 무엇을 선택하고 거절할지 모두 내 몫이에요. 적
어도 삶이 끝나는 날 '시간이 없어서 잘 살지 못했다'는 어리
석은 변명은 하지 말아야 해요.

묵상기도

아픈 몸으로 기도했다
나약해지지 않기 위해
나에게 지지 않기 위해

어지러운 마음에
안정을 찾을 수 있도록

흔들리더라도
뿌리는 흔들리지 않도록
몸은 아프더라도
영혼까지 아프지 않도록

24시간 묵상기도 했는데
고맙게도 평온을 찾았다

생각더하기

자신의 수분을 다 내어주고도 정작 마르지 않는 소금처럼 나
에게 맞는 욕망의 밭을 가꾸어야 하는데 그게 쉽지가 않아요.
흔들릴 때는 기도의 힘이 필요하죠.

큰 나무 아래에서

큰 나무 아래의 그늘은 넓고도 깊다
그래서 지친 사람들이 쉬어간다
나무는 나이가 몇인지
한 번도 알려준 적 없지만
사람들은 나무의 나이를 짐작한다
나무는 언제나 흐트러짐이 없다
큰 나무는
비나 바람에도 쉽게 무너지지 않는다
하찮은 것이라도
자기 밖으로 밀어내는 일이 없다
넉넉한 자에게도
가난한 자에게도
똑같이 쉴 자리를 마련해준다

내 앞에 멈춘 것들을 즐기며 한 템포 느리지만 아름다운 결을
바라보고 느끼며 나이테 감기듯 주름진 결에 취하며 살아야
조. 자연은 아주 특별한 힘이 있어요. 입술을 가지고 말을 하
지 않아도 무엇을 생각하고 무엇을 원하는지 아픈 곳을 찾아
내어 고통을 가라앉히니까요.

토닥토닥 힘내세요, 당신

힘내세요! 당신
당신은 이 세상에서 가장 소중한 사람이에요
당신은 혼자가 아니에요

고단하고 힘들겠지만 용기를 잃지 마세요
아무리 힘들어도 두려워하지 마세요
아무리 힘들어도 포기하지 마세요
인생의 주인공은 당신이니까요
세상의 주인공은 당신이니까요

누가 뭐래도 당신 때문에
행복해하는 사람이 있으니까요
누가 뭐래도 당신이 있어 위안이 되고
고마워하는 사람이 있으니까요
누가 뭐래도 당신이 있어
살맛 난다고 하는 사람이 있으니까요

당신이 있어 우리가 사는 세상이 아름다우니까요
당신은 이 세상에 마지막으로
살아 있어야 할 소중한 사람이니까요
세상이 필요로 하는 사람이 당신이니까요
곁에 있는 것만으로 힘이 되는 당신
미안해요
고마워요
사랑해요
토닥토닥 힘내세요, 당신

사랑하는 사람의 한 마디가 큰 힘이 될 때가 있죠. 이제부터는 맛있는 음식을 먹을 때는 맛있다고 말해요. 아름다운 음악을 들을 때는 얼굴에 표정을 담아 웃어요. 도움을 받았을 때는 눈빛을 맞추며 고맙다고 말해요. 사랑하는 마음을 느꼈을 때는 사랑한다고 말해요. 속으로만 생각하고 담아뒀던 것들을 아낌없이 표현해요. 포장하지도 말고 숨기지도 말고 직설화법으로 쏟아내요. 늦기 전에요.

시간과 나

어제라는 시간은 나를 기억하고 있고
오늘이라는 시간은 나를 바라보고 있고
내일이라는 시간은 나를 기다리고 있다

한때 나도 괴테의 시에 나오는 것처럼 '눈물과 함께 빵을 먹으며' 죽을힘을 다해 살았죠. 홀로 폭풍 같은 고통을 안으며 파랑새를 찾아 수년을 술래잡기 하고 보니 행복은 평범한 일상에서 마주한다는 것을 비 온 뒤의 파란 하늘, 누군가 건넨 자판기 커피 한 잔, 낯선 사람의 작은 친절이 작은 기쁨이고 행복이었어요. 인생은 울퉁불퉁 가시밭길이죠. 위기를 만날 때 기회를 찾았을 때 이정표가 되고 빛이 되는 존재는 자신이에요. 행복은 스스로 창조하는 것이지 누군가에게서 공짜로 얻을 수 있는 것이 아니에요.

나는 용기가 있는 걸까, 없는 걸까.

나는 자유로워지고 싶은 걸까, 도망치고 싶은 걸까.

나는 강한 걸까, 나약한 걸까.

하루에도 수십 번 나에게 묻고 답한다.

❦

행복은

삶의 끝자락에서 만나는 것이 아니라

치열하게 살아가는

과정 속에 만난다.

❦

우리는 살아가면서 알게 모르게

끊임없이 무언가를 뿌리고 심는다.

선의 씨앗이건 악의 씨앗이건 누군가의 가슴이건 내 안이건

열심히 뿌리고 심는다.

뿌린 대로 키운 대로 나무는 자란다.

어제의 나에게 "수고했어"라고 칭찬하는 거야.

오늘의 나에게 "잘할 거야"라고 용기를 주는 거야.

내일의 나에게 "할 수 있어"라고 희망을 주는 거야.

추적추적 비가 내리는 날은 노래로 삶의 프레임을 리셋하자.

노래방을 찾아 J. D. Souther 의 'You're only Lonely'를 목청껏 불렀다.

When the world is ready to fall on your little shoulders And when

you're feeling lonely and small you need somebody there to hold you.

You can call out my name when you're only lonely.

당신 어깨에 세상의 짐을 짊어지게 되어 외롭고 왜소함을 느낄 때

당신을 안아줄 누군가가 필요하죠.

당신이 외로울 땐 내 이름을 크게 불러요.

음정, 박자도 엉터리지만 부르는 순간 만족감을 준다.

행복하게 살아가는 방법,

그것도 경험이고 훈련의 결과라는 것.

행복해지고 싶거든 마음이 시키는 곳을 찾아 리셋하자.

"Rome was not built in a day."

로마는 하루아침에 이루어지지 않았다.

오늘도 이 속담을 곱씹으며 하루를 시작한다.

로타 카왈티 향기가 코로 흡입되니 헛헛해진 영혼이 채워진다.

새벽 4시 되고 중에 핸드드립으로 커피를 내려마셨다.

파리에 온 듯 향에 취하고 인도에 온 듯 맛에 전율한다.

완전한 힐링의 시간, 행복하다.

인생의 스승은 시간이다

인생의 스승은
책을 통해서 배운다고 생각했는데
살아갈수록 그게 아니라는 생각이 든다
언제나
나를 가르치는 건
말없이 흐르는 시간이었다

풀리지 않는 일에 대한 정답도
흐르는 시간 속에서 찾게 되었고
이해하기 어려운 사랑의 메시지도
거짓 없는 시간을 통해서 찾았다
언제부터인가 흐르는 시간을 통해서
삶의 정답을 찾아가고 있다

시간은 나에게 스승이다
어제의 시간은 오늘의 스승이었고
오늘의 시간은 내일의 스승이 될 것이다

산다는 것은 기다림이고 기다림의 종착역은 분명하죠. 내일 출근을 기다리고 내일 도착할 택배를 기다리고 하다못해 내일 화분에 물을 줄 것을 기다리며 살죠. 종착지에서는 어떤 모습으로 만날까요? 백화점에서 쇼핑하는 멋진 노인에게서, 길을 힘겹게 걸어가는 지친 노인에게서, 몸이 아파 보살핌을 받는 불쌍한 노인에게서 나를 보죠. 그 어떤 모습이든 최선을 다한 후에 원하는 목적지에 도착하는 것이 아름다운 종점이 아닐까요. 그때까지 나를 토닥이고 위로하며 응원해야죠. 가슴 뛰는 사랑을 하고 꿈의 계단을 "괜찮아, 할 수 있어. 힘내."라고 자신을 토닥이며 목적지까지 뛰어가야죠.

나에게 힘을 주소서

나에게 힘을 주소서
지치고 힘든 일에 부딪칠 때마다
툭툭 털고 다시 일어날 힘을 주소서
남 탓으로 세상 탓으로 원망하지 않게 하소서
오로지 나의 실수로 인정하게 하소서
전신이 상처로 피고름이 흘러내려도
포기하지 않게 하소서
지나친 집착과 헛된 욕망에 빠져
남의 삶을 살지 않게 하소서

나에게 힘을 주소서
어떤 어려움이 찾아와도
견디고 이겨낼 수 있는
나를 신뢰하는 믿음의 기도로
헤쳐 나갈 수 있게 하소서
사랑으로 믿음으로 끌어안을 수 있게
강한 자신감을 주소서
가치 없는 걱정을 물리칠 수 있는
현명함을 주소서

어제보다 오늘, 오늘보다 내일
나를 더 신뢰하고 나를 더 사랑하여
나날이 만족해하는 내가 되게 하소서
일어나지도 않을 일에 대해 걱정하는
어리석은 내가 아니라
일어날 일에 대해 미리 준비하는
지혜로운 내가 되게 하소서

연어는 태어난 곳으로 돌아와 알을 낳는 하나의 목표를 갖고 일생을 삽니다. 거친 물살을 헤치고 바다를 항해하며 강을 거슬러 올라야 어미의 강으로 돌아올 수가 있으니까요. 화려한 학벌, 대단한 인맥, 돈이라는 날개가 없으면 두 발로 달려야지요. 땀과 눈물로 절인 듯 짠내가 나고 입에서는 단내가 나고 발이 부르트도록 뛰어야 끝이 보이고 후회가 적게 남을 테니까요. 간절함 절박함 치열함이 기적을 부르니까요. 정성을 다해 이 순간을 살아내는 것 지금 내 앞에 닥친 현실을 인정하고 소중하게 여길 때 현실도 나를 소중히 여기겠죠.

그래, 인생은 단 한 번의 추억 여행이야

눈물겹도록 미친 사랑을 하다가
아프도록 외롭게 울다가
죽도록 배고프게 살다가

어느 날 문득
삶의 짐 다 내려놓고
한 줌의 가루로 남을 내 육신
그래 산다는 것은
짧고도 긴 여행을 하는 것이겠지

예습도 복습도 없이
처음에는 나 혼자서
그러다가 둘이서 때로는 여럿이서
마지막에는 혼자서 여행을 하는 것이겠지

산다는 것은
사실을 알고도 모른 척
사람을 사랑하고도 아닌 척
그렇게 수백 번을 지나치면

삶이 지나간 흔적을 발견하겠지
아, 그때는 참 잘했어
아, 그때는 정말 아니었어
그렇게 혼자서 독백을 하며 웃고 울겠지

아마도 여행 끝나는 날에는
아름다운 여행이기를 소망하지만
슬프고도 아픈 여행이었어도
돌아보면 지우고 싶지 않은 추억이겠지
짧고도 긴 아름다운 추억 여행

그래, 인생은
지워지지 않는 단 한 번의 추억 여행이야

돌아보니 삶은 처음부터 백지였어요. 채우고 채울수록 비워야 할 것이 많아 버겁죠. 산다는 것은 채우는 것이 아니라 비우는 것이에요. 비우고 비워 처음으로 돌아가는 것이죠. 그때는 왜 몰랐을까요. 선물 받은 한 번의 인생 살아갈 이유도 하나씩 지워가며 치열하게 살아야 해요. 훗날 임종의 순간이 오면 이렇게 말해야죠. '당신 참 멋진 삶을 살았어' 라고.

여행을 가고 싶다

이름도 모르는 한적한 마을에 가고 싶다
세상 묻은 때 다아 씻어버리고
아무것도 걸치지 않은 첫 모습으로 살고 싶다
비가 오면 둑길도 거닐어 보고
바람이 불면 언덕 위로 올라가
구수한 사투리와 검게 탄 얼굴을 보며
꿋꿋하게 버티며 사는 삶의 도전도 배우며
힘들게 살아온 지난날을 파헤쳐
정겨운 입담 속에 다아 흘려버리고 싶다
하늘을 바라보며 무작정 기다리지 않는
삶의 모질고 끈질긴 인내심도 배우며
내가 누군지 밝히지 않아도 알려고 하지 않는
넉넉한 인심과 때 묻지 않은 사람들 틈에서 지내다가
다시 내가 사는 곳으로 돌아가고 싶다

휴대폰에 저장된 전화번호를 찾아보아도 이 친구는 이래서 안 되고 저 친구는 저래서 싫어 '툭' 마음 터놓고 얘기하고픈 친구가 없을 때 나 혼자라는 생각에 눈물이 날 때 지독한 한계 상황을 느낄 때에는 험한 산으로 가죠. 지나온 시간을 돌아보고 인내심도 키우고 아니 더 쉽게 말하면 단단하고 독해지기 위해서죠. 과거를 돌아보고 앞으로 가야 할 방향을 수정하는 배움의 시간, 반성의 시간 그리고 추억의 시간이 되죠.

여행

비우기 위해
버리기 위해
먼 길 떠났는데

아무것도 비우지도
아무것도 버리지도 못한 채
또 제자리로 돌아왔다

부질없는 욕망도
죽을 것 같은 아픔도
깊디깊은 슬픔도

그 무엇 하나
버리지 못한 채
바보처럼
제자리로 돌아와 버렸다
바보처럼
쓸쓸히 돌아와 버렸다

생각더하기

열심히 살면 기적이 내게로 오는 줄 알고 바보처럼 착하게만
살고 시간이 흐르면 한 번의 기적이 찾아올 거라 믿으며 우연
에 기대며 살죠. 하지만 벼랑 끝 삶을 만나고 나서야 기적은
내가 만들어야 한다는 사실을 깨닫게 되죠.

가끔 사는 게 두려울 때는
뒤로 걸어 봅니다

가끔
사는 게 두려울 때는
뒤로 걸어 봅니다

등 뒤로 보이는 세상을 보며
살면서 가장 행복했던 순간을 생각하며
용기를 얻습니다

가끔
당신이 미워질 때는
당신과 가장 행복했던 순간을 떠올리며
뒤로 걸어 봅니다

한 걸음 두 걸음
조심조심 뒤로 걷다 보면
당신을 사랑하면서 아팠던 순간도
당신을 사랑하면서 기뻤던 순간도
한 편의 드라마처럼 흘러갑니다

기쁨의 눈물이
슬픔의 눈물이
하나가 되어 주르르 흘러내립니다

가끔
사는 게 두려울 때는
뒤로 걸어 봅니다

등 뒤로 보이는 세상을 보며
살면서 가장 행복했던 순간을 생각하며
용기를 얻습니다

#70 생각더하기

아무리 조심해서 살아도 사람의 힘으로는 어쩔 수 없는 순간
이 찾아오고 또 지나가죠. 후회가 많을수록 반성의 시간이 길
수록 삶은 겸손해지죠. 삶이 휘청거릴 때는 출렁이는 상념을
토해내야 해요. 흔들릴 때는 홀로인 순간에 정답이 선명하게
보이니까요.

어머니

생각만 해도 가슴이 저린
사랑하는 한 사람이 있습니다
어머니와 딸로 맺은 인연
늘 무관심 아닌 무관심으로 향한
어머니에 대한 죄스러움으로 시달립니다

괜찮으시겠지 괜찮으실 거야
하면서 지나온 시간들
헤아릴 수 없는 흰머리 마른 몸
굵고 주름진 손마디에 마음이 아파
슬픔이 목까지 차오릅니다

잘 드시면 잘 드시는 대로
못 드시면 못 드시는 대로
어머니의 모습을 생각하며 눈물을 흘립니다
가끔 과일 사서 드시라며 호주머니에 찔러드리는
몇 장의 지폐가 딸이 남기는 사랑의 흔적이지만
그것마저 고스란히 돌려주시는 어머니

바쁘다는 핑계로
뒷전에 물러나 있는 어머니에 대한 사랑
잘해 드리지 못하고
당신 뜻대로 잘 살지 못한 죄스러움에
가슴 언저리가 아파옵니다
오늘은
이 한 마디를 어머니께 전하고 싶습니다
세상에서 가장 소중한 어머니
사랑합니다

사회적 지위도 높지 않고 돈도 많지 않으면서 세상에서 가장 바쁜 듯 살아가는 불효의 딸. 이룬 것 없이 흘러간 시간, 소박한 엄마의 마음도 보듬지 못한다는 생각에 왈칵 눈물이 쏟아지네요. 그럼에도 불구하고 "차 조심해서 오라"는 어머니의 목소리를 듣는 것만으로 힘이 나죠. 해가 뜨는 동쪽의 나라인 듯 알 수 없는 설렘으로 나를 부풀게 하는 당신. 봄꽃처럼 화사하게 웃으며 마당까지 나와 계실 어머니를 생각하며 달려가요.

어버이날에

영혼만 떠도는 아버지
오늘은 5월 8일
어버이날이네요

오늘 아침
밥 한 그릇 국 한 그릇
당신이 좋아하는
인절미 한 접시 준비했습니다

고슬고슬한 밥 좋아하셨잖아요
고슬한 밥에다가 소고깃국
편히 드시고 가세요

지금 이 성품, 이 인물, 이 지갑
어머니 아버지의 땀이라 여겨집니다
어머니 걱정 마시고 편히 계세요
아버지, 죄송합니다
그리고 사랑합니다

생각더하기

가장이 되어보니 이제야 아버지의 쓸쓸한 뒷모습이 자꾸만 눈 앞에 아른거려요. 잃어버린 것도 빼앗긴 것도 정말 갖고 싶은 것도 많았을 텐데. 늘 괜찮은 척, 아닌 척, 내색 한번 하지 않았던 아버지. '이렇게 해라, 저렇게 해라' 하시던 아버지의 따뜻한 충고도 그립고요. 아버지를 떠올릴 때마다 먹먹해집니다. 어릴 적 눈발이 골목길을 휘감을 때 젊은 아버지의 콧노래는 참 든든했죠. 언제쯤 다시 아버지의 콧노래를 들을 수 있을까요. 참 많이 그립습니다.

내 앞에 멈춘 것들을 사랑하자

떠나는 것을 잡지 말자
그리운 것에 목숨 걸지도 말자
그것이 일이든 사랑이든 욕망이든 물질이든
흐르는 시간 속에 묻어 두자
지금 내 앞에 멈춘 것들을 죽도록 사랑하며 살자
오랜 시간이 흘러도 못 견디게 그리우면 그때 열어보자
아마도 떠난 것들 그리운 것들이 순서대로 나를 반겨 주리니
미치도록 그리워도 시간 속에 묻어두고
내 앞에 멈춘 것들을 죽도록 사랑하며 살자

작업실 한쪽에 우두커니 자리를 차지한 5년 된 나무 의자에 코끝을 대어보니 살아 숨 쉬듯 제법 나무 내음이 나요. 머물던 숲속을 기억해서일까요. 나무 그림자도 많이 깊어요. 5년 후 우리는 어떤 모습으로 기억될까요. 찰리 채플린은 인생을 '가까이서 보면 비극이지만 멀리서 보면 희극이다' 라고 했죠. 지나친 욕심과 집착을 버리고 내가 속한 프레임 안에서 잘할 수 있는 일을 찾아 즐기며 산다면 멋진 모습으로 기억되지 않을까요?

단순하고 느리게 살자

매운 세상 흔들림 없이 중심을 잡기가 쉬운 일인가

때로는 온몸으로 바람을 맞으며 상처를 입기도 하고

때로는 바람막이가 되어

온몸으로 바람을 피하며 살아야 한다

견디고 이겨내면 바람은 멈추게 되어 있고 평온은 찾아온다

가벼운 것도 뿌리는 무겁다

무거운 삶을 견뎌내야 새털처럼 가벼운 삶을 만난다

매서운 바람도 힘겨운 삶의 무게도 웃으며 맞자

삶의 공식도 생각하기에 따라 간단하다

고차방정식 풀듯 복잡하게 이끌지 말자

단순하게 느리게 생각하고 행동하면 그 안에 답이 있다

단순하게 느리게 살자

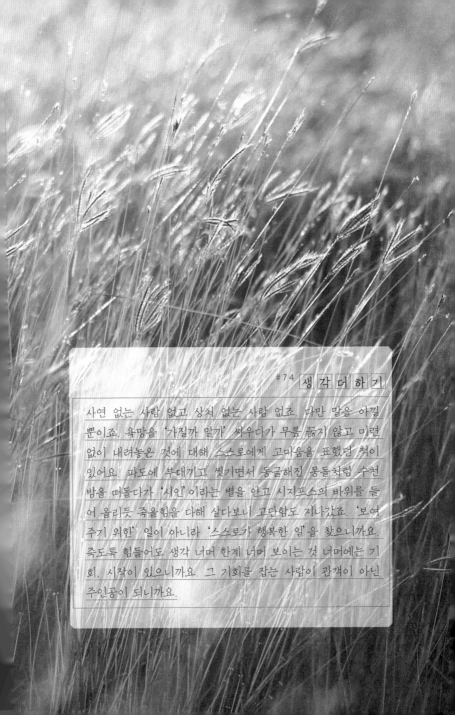

74 생각더하기

사연 없는 사람 없고 상처 없는 사람 없죠. 다만 말을 아낄 뿐이죠. 욕망을 '가질까 말까' 싸우다가 무릎 꿇지 않고 미련 없이 내려놓은 것에 대해 스스로에게 고마움을 표했던 적이 있어요. 파도에 부대끼고 씻기면서 둥글해진 몽돌처럼 수천 밤을 떠돌다가 '시인'이라는 별을 안고 시지프스의 바위를 들어 올리듯 죽을힘을 다해 살다보니 고단함도 지나갔죠. '보여주기 위한' 일이 아니라 '스스로가 행복한 일'을 찾으니까요. 죽도록 힘들어도 생각 너머 한계 너머 보이는 것 너머에는 기회, 시작이 있으니까요. 그 기회를 잡는 사람이 관객이 아닌 주인공이 되니까요.

울지 마라 다 지나간다

울지 마라
힘들고 아프고 슬퍼도
그 또한 지나가게 되어 있다
그러니 초조해하지 마라
네가 한 걸음씩 나아갈 수 있도록
내가 너의 곁을 지킬 테니

#75 생각더하기

바람이 운다. 구름도 운다. 결국 하늘이 운다. 소나무가 흔들린다. 바위가 흔들린다. 세상이 흔들린다. 내가 많이 흔들린다. 그럼에도 불구하고 견디고 이겨내야 해. 내 영혼을 껴안고 있는 내 몸이 쓰러지지 않도록. 때로는 '견딤'과 '이김'이 삶의 이유이니까.

삶이 끝나는 날

'시간이 없어서 잘살지 못했다'는

어리석은 변명은 하지 말자.

내 앞에 멈춘 모든 것을 사랑하고 소중히 받아들이자.

슬픔이든 기쁨이든 모든 것이 섞여

아름다운 인생을 만드는 것이니까.

인간관계에 있어 소통의 결핍을 느낄 때에는

상대방의 입장이 되어보는 것,

"Put yourself in her shoes."

"그녀의 입장이 되어보는 것"

그것이 정답이다.

쇼윈도의 회색 스웨터만 보아도 밀려드는 슬픔,

나의 의지와 상관없이 헝클어진 감정들,

엇갈리는 감정 그리고 오해와 이해 사이에서 방황하는 감정들,

그로 인해 채워지지 않는 외로움.

어쩌면 이별의 전조 현상일지도 모른다.

나 그대를 잊을 수 있을까. 그대가 언제쯤일까.

나는 너를 이해할 수 없음을

두려워하거나 이해하지 못함을 서글퍼할 때에는

너에게 부칠 수 없는 손편지 쓴다.

내 언어로 네 살갗을 부비면서 잘 마시지도 못하는 술을 옆에 두고

추억 속의 너를 마신다.

탈고를 끝내고 출판사에 원고를 보냈다.

까만 하늘에 오렌지 빛 보름달. 하늘이 꽉 찬 느낌이다.

에로틱한 공포를 즐기기 위해 슈베르트의 현악 4중주를 듣는다.

오렌지 빛 보름달, 나 그리고 경계 없는 극한의 아름다움을 음악이 채운다.

이 순간만큼 보이는 모든 것이 가득하다.

꽉 찬 느낌의 '지금'을 놓치고 싶지 않다.

내일을 위한 노력만큼이나 오늘의 나를 위한 '쉼'의 순간은 중요하니까.

12월 첫날 하루 종일 끝만을 생각했다.

이 길의 끝, 관계의 끝, 하루의 끝.

하지만 꼭 나쁜 것만은 아니었다.

마침표만 잘 찍는다면,

다른 말로는 '좋은 출발'일 수 있기에.

고마워요! 내 사랑

2015년 3월12일 초판 인쇄
2015년 3월20일 초판 발행

지은이 김정한
펴낸이 임종관
펴낸곳 미래북
편집 정광희
디자인 페이퍼마임
신고번호 제302-2003-000326호
본사 서울특별시 용산구 효창동 5-421호
영업부 경기도 고양시 덕양구 화정동 965 한화오벨리스크 1901호
전화 02-738-1227
팩스 02-738-1228
이메일 miraebook@hotmail.com
ⓒ 김정한

ISBN 978-89-92289-71-9 03810